目 录

辑一 "路头"与"草根"

- 3　"草根"的信仰
- 10　"路头戏"的感性阅读
- 25　回头已是百年身
- 41　生活在别处
- 54　新社会的"公家人"

辑二 "身体"的彷徨

- 73　戏剧命运与传统面面观
- 89　"先生"们的改革
- 104　身体对文学的反抗
- 117　挣扎在死亡线上的濒危剧种
- 128　我们如何失去了瓯剧
- 140　向"创新"泼一瓢冷水
- 149　MPA·练功·修行

辑三 钩沉人与事

165　延安平剧研究院始末

178　齐如山和梅兰芳关系二三事

196　电影《梅兰芳》的联想

208　红伶残稿，可留真香

221　陈丁沙之问终究要回应

234　后　记

辑一 "路头"与"草根"

"草根"的信仰

浙江台州市的路桥市场远近闻名,不过本地人最喜欢去的是这座古镇的路北街。这是一条狭窄的老街,沿街满是密密麻麻的店铺,除了日常品以外,这里还有七家出售戏剧服装道具的专门商店。2000年5月6日,在路北街和店主们交谈的结果颇出乎我的意料,台州市一共有八十家左右的戏班,戏班的老板和演员们都经常到这里来采购戏剧用品,但是这些店铺的主营对象却不是戏班,而是寺庙。每家店铺都摆满了演戏用的行头和乐器,服饰主要是供新建寺庙的神祇——或者用当地人习惯的称呼叫"老爷"——穿戴的,购置乐器的也多数是各个村庄的老年协会,买去在寺庙开张、开光或者为"老爷"做寿时使用。这里规模最大的商店老板郑菊兰坦诚地说,她的生意80%都是庙里的,如果靠在戏班身上,生意早就垮台了。

店主们说得不错,台州这里并没有专门为日益发达的寺庙供应必需品的商店,戏剧用品商店恰好补了这个缺漏。寺庙所需的那些物品,比如神祇身上的服装和头饰,包括其手中的道具,和传统戏剧演出中舞台人物的穿戴及道具基本上是同一的，戏里用的东西庙里也能用，至于丝竹乐器更没有区别。

路北街的戏剧用品商店构成一个有趣的隐喻，它暗示了台州民间戏剧与当地民众的信仰之间存在某种同构关系。确实，台州戏剧的繁荣景象以及当地民众对戏剧的热爱，并不能仅仅从艺术的层面予以理解，它与普通民众精神信仰之间的关系，一点也不比它与艺术之间的关系少。

我本人从事的是美学和戏剧学研究，我本该止于为专业从事文化批评和社会学研究的学者们提供台州戏班这样一个客观存在的文本，我相信他们能对这个文本做出更精彩更合理的解读。不过我也非常愿意借此机会，将我从事民间戏班田野考察过程中的那些真切感受呈现出来，供同行及读者分享。

戏剧在中国起源时间并不早，按照目前我们所能够掌握的可信资料，在中国广阔范围内成形的、具有一定规模和相对独立的戏剧活动是在两宋年间出现的，在此之前，各地与巫傩相关、与歌舞相伴的前戏剧活动虽然存在，但它们都还不能算是一种独立的艺术样式。值得特别指出的是，戏剧在两宋年间一出现，很快就成为中国民众精神与文化娱乐生活中最主要的一项活动，因而它能迅速勃发；同时，从中国戏剧第一次呈现出其成熟形态的两宋年间，它就是以高度商业化的自然状态存在着的，这样的状态保证了它与普通民众之间，始终保持一种非常密切的互动关系。我绕那么一个大圈子从宋代讲起，只是为了说明一个在我看来非常之重要的现象——中国戏剧一直是以其自然形态存在的，正缘于它在普通民众的精神生活与文化娱乐中始终占据着重要地位，它才会非常纯粹地在民间存在并一代又一代地接续着这一传统。

然而，从20世纪40年代末开始，它遭遇了一波从未遇到过的挑战。我说中国传统戏剧从未遇到过什么真正意义上的挑战，是指在它以往上千年的历史进程中，虽然与主流意识形态之间总是存在某种程度上的龃龉，虽然每个朝代多多少少总是会出现一些有关戏剧的禁令，然而这些禁令的实际效用是非常可疑的。就以最近的年代为例，民国年间从中央政府到地方政府，都曾经颁布过许多戏剧方面的禁令，比如说南京一直禁演扬剧和锡剧，天津禁演过评剧，湖南禁演花鼓，等等，然而就像我们所知道的那样，这些剧种并没有因为禁令而消失，喜欢这些剧种的民众，总是能找到欣赏的机会。但是从20世纪40年代末以来，事情发生了变化，由于1950年前后在全国渐次开展的"戏改"把相当多的民间戏班改造成了国办的或准国办的政府剧团，使得政府意志能够非常直接地转化为剧团的实际行为，因此，政府的意志以及主流意识形态与现实的戏剧演出之间首次达到了某种程度上的统一。在这个过程中，民间，一般民众在戏剧欣赏方面的爱好，不再是决定着戏班演出何种剧目以及用何种样式演出的首要因素，而戏剧与公众之间也就越来越显疏离。当然，即使是在这样的语境里，民间戏班并没有绝迹，尤其是在远离政权中心的乡村依然存在，不过这种存在还是没有逃脱"文革"对传统戏剧的彻底扫荡。因此，如果我们说已经持续了上千年的民间戏剧活动传统在当代中国戛然中断，这一点也不夸张。

然而，"文革"结束后民众对戏剧的需求与爱好却以一种报复性的热情迸发出来。在台州的考察越是深入，我越是为这样一个现象感慨：在那里，民间戏剧演出的复苏程度远远超出人们的想象。我非常惊讶地看到，这样的复苏不仅仅是指民间戏班仍然在演出千百年来中国普通百姓喜爱的那些传统剧目，而且还指戏班本身曾经在"社会主义改造"过程中被抛弃了的那些行业规范、组成形式、戏班班主和演职员们的相互关系、戏班的运作方式的恢复等；纵然经历了"文革"这样的中断，民间戏班原有的那些颇具特色的自然形态，却能够在很短的时间里得以重建。与之同时，与民间戏班的演出活动同时恢复的还有民间祭祀，它们与戏剧形成一个有趣的共生体，而在历史上它们的共生关系并不像现在那么密切。

在台州，我想得最多的问题就是：民间戏剧以及与之共生的祭祀活动何以能够那么迅速而顽强地同时复苏。它与主流意识形态之间存在着明显差异，甚至经常出现直接的冲突，它也很难从政府那里获得多少资源，但是它们仍然存在并且发展，那么，它们生存与发展的动力从何而来？

我在民间戏班的生存以及发展的背后感触到一种力

量。我希望通过对台州民间戏班现状的记录，让读者也感触到这种力量。这种力量来自草根阶层对于"自己的"精神生活和"自己的"娱乐取向的追求与向往，我的意思是，在此前一个相当长的历史时期，中国普通民众所拥有的、延续了千百年的精神生活与文化娱乐方式受到了抑制，他们只能按照某种给定了的方式生活，只能欣赏那些被别人认为是对他们"有益"的艺术作品，他们丧失了选择权，他们在精神生活领域的话语权被剥夺了。我把近几十年中国戏剧陷入窘境理解为民众以消极的方式对于这些被给定的精神生活与文化娱乐的抵御，他们并不满足于这种无奈的拒斥，一有机会，他们内在的精神追求和向往就要以某种形式表达出来，在我看来，台州戏班的存在就是这种表达的特殊形式之一。对于那种千百年来就像流淌在民族的血液里那样融化在民间情感记忆之中的信仰，台州的民众已经通过戏剧活动，充分表达了他们的态度。在这里，传统戏剧成为草根阶层群体情感记忆的有效载体和外在形式。一种外来的、被给予的信仰，尤其是一种脱离人们日常生活的理论之无法内化为民众真实的精神追求，并不需要我来证明；而草根阶层所追寻的那些看似并无实际价值的精神与信仰活动对民间社会的整合作用，我还无法揭示并给予足够评价。我只是从中体验到中国民间古老信仰仍然拥有的超强生命力，而这种生命力之深厚的文化基础，远远不是足以否定神灵之实体存在的科学知识所能够摧毁的。

在台州戏班的存在与发展过程中，我还感受到一种奇妙的秩序。民间戏班的内部构成和运作方式具有十分符合戏剧市场特性的惊人的内在合理性，反观20世纪50年代以来通过改制建立的诸多国办或准国办剧团，以及改革开放以来国家推动剧团体制改革的所有措施，在这一民间自然生成的规范与秩序面前都相形见绌。这些正在逐渐建立的秩序与规范的来源，并不仅仅是台州戏班目前这一代班主与演职员的智慧，它与中国传统的戏班构成和运作方式之间具有天然的内在联系。由于戏班在其发展史上经历了一个重要的中断，以及外在社会结构的变化，台州戏班近年得以重建的秩序与规范和传统戏班相比出现了一定程度上的变化，但是所有这些变化都围绕一个轴心：它必须是一种戏班内部成员以及与戏班演出相关的村民都能够从内心认同的变化。我想这里呈现出的就是历史与现实之间的一个交集，关键在于历史与现实的这种交会，是通过戏班与每个演出地民众的互动而自然形成的，它说明一个足够自洽的文化共同体，只要拥有最起码的自主性，就必定会自然形成某种切合现实的、具有伦理道德内涵的秩序和规范。这些规范看似偶然，按照功能学派的理论，它们都体现出某种超验的智慧。它的意义也不限于戏剧领域，实际上我怀疑在文化生活乃至经济生活领域，在所有和最广大的民众相关的领域，规范和秩序都是可能自然生成的，或者说，都可能在接续传统的基础上重建。

草根阶层永远是社会的弱势群体。但我很想重复拙著

《草根的力量》引言里的一段话:"草根阶层的精神需求与信仰是一种如同水一样既柔且刚的力量,面对强权它似乎很容易被摧毁,但事实上它真的就像白居易那首名诗所写的那样——野火烧不尽,春风吹又生。它总是能找到合适的机会,倔强地重新回到它的原生地,回到我们的生活。"现在我还是这样想。

(原载《博览群书》2001年第8期,题目为"感受草根阶层的精神脉动")

"路头戏"的感性阅读

　　研究民间戏班的乐趣，迥然不同于研究国营大剧团，民间戏班不仅因其拥有独特的草根特性，足以让我们直接触摸到普通民众真实的艺术观念、欣赏趣味以及文化价值观，而且，细细品味民间戏班"路头戏"为主的演出形式，不难从中感受到某种特殊魅力。

　　中国戏剧起于勾栏瓦舍的商业性演出，从戏剧诞生的第一天起，它就是民间演艺的产物。生于民间长于民间的戏班在各地流动演出，形成了中国戏剧典型的"路头戏"演出形制。

　　路头戏，又称幕表戏、提纲戏。在教科书及一般人的想象中，戏剧演出是由演员在舞台上按作家写就的固定剧本演出的，但至少看中国戏剧的传统与现实，与此相异的演出形式可能更为普遍，完全按照固定剧本的演出，只是在20世纪50年代后的国营剧团才成为定例。多数民间戏班演出时并没有剧本或并不需要完全按剧本演出，演出的依据只是一个简单提纲。一些较正规的戏班，演出前把本场演出的剧目提纲（或称"幕表"）贴在后台，幕表内容主要是这部戏的场次、先后出场角色,大概情节、所用砌末,等等。演员在舞台上演出时只需要掌握这个简单的"幕表",具体的对白和唱词则可以由演员自己视剧情发展自由发挥。农村多数戏班流动性大、舞台条件差,他们演出时所依据的幕表,则都由演员自己记录,或者干脆记在脑子里。一些经验丰富又肯用功的演员,往往能记住两三百部戏的幕表,随时可以背诵无误。

我们目前还找不到比较可靠的证据说明宋元年间戏班演出的情况,但是从当时有关戏班演出的零星资料以及存世的宋元剧本的情况推测,他们的表演完全依据固定剧本的可能性很小。至于明清年间,路头戏肯定是最为常见的演出样式。这样的情形一直延续到20世纪50年代初,此时政府开展的大规模"戏改"运动,在很大程度上改变了戏班多年以来习以为常的路头戏这种演出形制。"改戏"是戏改"改人、改制、改戏"的重要部分,而"改戏"的主要内容,就是让戏班艺人将演出剧目送交审查,凡有违主流意识形态的剧目,除确定禁演外均需经修改后上演,经由此变,路头戏的生存空间受到强力挤压,终至奄奄一息。

当然,路头戏在中国戏剧舞台上渐渐失去其地位,并不完全是缘于这种依赖于演员现场发挥、内容灵活多变的演出方式不利于剧本审查,它之所以是一个意味深长的事件,更由于在"戏改"过程中,这种演出方法被视为低级的、落后的、缺乏艺术性的。路头戏完全不符合新文人所信奉的西方戏剧理论,因此这种演出方式受到广泛批评,并且渐渐被经过"社会主义改造"之后的国家剧团丢弃。国家剧团普遍接受了从苏俄引进的导演制,即每上演一个新剧目之前都必须按照导演的意图,根据固定的剧本,经过长期的排练,形成相对固定的舞台表演格局,每次演出必须严格遵照这一既定模式。路头戏这种中国底层民众最为熟悉的戏剧化地表达情感的方式,由此被强行坠入忘川;随着新的演出制度的引进,传统剧目即使能重现舞台,也多数被加以"推陈出新"的改造,从形式到内涵都发生了质的变化。

民间戏班把这种新的演出格局称为演剧本戏,以与他们平时演出的路头戏相区别。经历了完全丧失话语权的半个世纪,无论是戏班还是观众本身,都接受了剧本戏的艺术价值高于路头戏的观念,然而,剧本戏之与一般民众欣赏趣味、价值观念的隔阂,并未因此消除。艺术史家们可以轻描淡写地将路头戏不可避免的文辞粗糙与表演的随意性,解释为它被那些经过新文人以及戏改干部们修饰后的剧本戏淘汰的原因,但我实在不能不指出,路头戏在一个相当长的时期内几乎完全被剧本戏替代,完全不是缘于艺术领域内的公平竞争。在 1950 年前后那个历史时期,无论是一般的戏班还是普通观众,都没有自主选择的权利——这种选择是由一批自以为有资格作为他们代表的新文人越俎代庖完成的,在这里,戏班以及一般观众堪称"沉默的大多数"的典范,只是被动地接受了路头戏被驱逐出戏剧舞台的既成事实。

近二十年民间戏班以及路头戏的复苏，最好不过地证明了这一点。民间对路头戏的情感记忆虽然无从表达，但毕竟仍然积淀于集体无意识，并没有因精英文化以及官方意识形态对剧本戏一边倒的支持而消解，而草根阶层的精神信仰与心理需求，并不能寄托于根据另一些人的观念趣味构筑的戏剧之城。只要民众拥有自己部分选择的权力，他们就会用自己的方式，清晰地表达他们和创作剧本戏的精英文人精神领域的疏离；因此，一旦民间戏班因改革开放而重新出现，路头戏的复苏就是历史的必然。

从1994年开始，我对浙江台州境内七十多个戏班，做了近八年的田野调查，接触大量民间戏班和他们日常演出的路头戏。在我看来，正视路头戏，重新评价它的构成以及价值，是当代中国戏剧研究的重要课题；从事当代文艺研究的专家学者也应该多少意识到路头戏这种独特的戏剧样式的存在，假如能与民众一起分享路头戏的感性内涵，也许会使人们对当代中国戏剧现状有更真切的认知。而且它还涉及更深层的问题——最近几十年，或者更准确地说是最近一百多年，那些致力于引进西方理论的知识分子们对本土艺术的改造究竟应该如何评价，还需在更开阔的历史背景下思索。

民间歌谣有人收集，民间工艺有人搜求，民间建筑保存完好的小村镇也成为旅游热点，但是，与它们同时存在的民间戏班的路头戏，还在边缘默默无闻。几百年来，中国的民间戏班就一直通过路头戏，与欣赏者一同书写着他们的精神与心态史,这样的书写,今天仍在继续,然而这样的书写始终是自生自灭的,它们被载入文字形态的历史的机遇,小到可以忽略不计。但路头戏的存在以及它的魅力,并不因此而消失。一位不知名的民间戏班演员演路头戏时这样唱道:"为人可比一张弓,朝朝日日称英雄;有朝一日弓圆满,扳起弓来两头空。"像这样意象独特、令人回味且充溢着民间智慧的唱段,在路头戏演出中随处可以听到,然而它却成了路头戏之当代命运的谶语。

传统的路头戏情节发展与人物关系都不太复杂,容易为观众所把握,因此拥有稳定的观众群。各地戏班演唱的路头戏,所用的唱词道白也切近当地的方言口语,较易于为一般观众接受。因此,共通的母题在路头戏里总是反复出现,以至于在很多经典场合,演员都可以通过许多相关剧目中的人物自况,以丰富观众的感受。以下是男女主人公分离数年重新团聚时,倾诉分离之苦时所用的一段典型的对唱:

旦:我可比果报录里刁刘氏,千刀万剐四门游
　　我可比翠平山上潘巧云,刺死石秀命归阴
　　我可比买臣之妻崔氏女,马前滴水喷如珠
　　我可比宋江杀死阎婆惜,活捉三郎命归西
　　我可比潘氏金莲容貌好,与同武松绞成刀
　　我可比唐朝武则天,水性杨花命归西
生:你可比二度梅里陈杏元,奸臣残害献和番

你可比平贵之妻王宝钏，苦受寒窑十八年
你可比合同纸里田素珍，为了清明受苦辛
你可比破肚验尸柳金婵，冤枉破肚实可怜
你可比双合桃里谭必川，盗来核桃救颜谭
你可比司马相如卓文君，你是个大贤大德好夫人
你可比洞恶报里郭氏女，为了桂荣入庵门
你可比唐僧取经西天到，脱了兰衫穿乌袍
你可比当初孟丽君，女扮男装做公卿
你可比当初孟姜女，千里迢迢送棉衣

但是，如果说路头戏只是因为其情节简单、唱词道白俚俗，符合文化程度不高的观众的审美喜好，那就太简单化了。中国戏剧之所以能够渗透到最广大民众的日常生活之中，成为最为大众化的文化娱乐形式，正由于它通过对某些精选的历史事件的反复叙述，构成民众共同拥有的一个系统的知识谱系；而经由这一知识共同体所体现的价值观念、伦理道德，能够获得最大多数观众的认同，而路头戏大量运用民众熟悉的叙述模式与情感表现手法，也是引起观众共鸣的关键。在欣赏戏班的路头戏演出时，民众并不需要费力地分辨那些用他们所不熟悉的语言写成的唱词道白，戏里既有与音乐相结合的明白晓畅的韵文，也有地方土语中最富机智的插科打诨，这才是他们需要和喜欢的戏剧。

当然，与一般观众心理层面上的契合，还不足以体现

路头戏的全部意义。关键更在于路头戏是一种极具张力的戏剧样式。由于路头戏的唱词道白是由演员自己创造的，在舞台上的表演手法，也要靠演员自己揣摩，因此就给予演员非常大的创造空间。如果说按照剧本演戏，演员在很大程度上只是剧本以及导演意图的体现者甚至傀儡，那么，即使是一个最差的民间戏班演员，在表演路头戏时也要充分发挥其创造力和主观能动性，演员必须是一名创造者，而且在整个演出过程中，他将始终是创造者。

路头戏给戏剧演员发挥自己的创造性提供了极其开阔的空间。演员每天都必须面对新的挑战，可以在舞台上有即兴的发挥，这就使中国戏剧具有惊人的活力。这样的即兴创作也使得演员有可能在他们与观众直接的交流与互动之中，不断地完善自己的剧目、唱腔与表演手法，这给戏剧发展提供了无限的可能性，使戏剧表演始终处于不间断的、自由的创造之中。而路头戏的消失，使得演员这样一个在舞台上始终与观众进行着最直接交流的群体，在很大程度上被排斥在戏剧创作活动之外，被排斥在剧本的唱词、道白的创作之外，排斥到音乐与唱腔设计之外，排斥在舞台人物的相互关系甚至包括各自在舞台上所处空间位置的安排之外，最终甚至还经常被排斥在演员身段动作的设计之外。

假如我们着眼于演员的创造性，讨论路头戏演出的价值，无疑要给它以很高的评价。而且路头戏的演出实在是最能体现中国戏剧"演员中心制"特点的形式，路头戏唱得好坏，全靠演员，因此这是最能考验演员，并且体现出演员能力强弱的演唱形式。同时它也是最能检验演员之间相互配合的默契程度的演唱形式，演员们普遍强调对手的重要性，尤其需要主角之间、主角与配角之间形成良好的默契，只有这样，才能获得演出的成功。不用说，戏班唱路头戏，演员和乐队之间的配合同样非常重要。由于在路头戏的演唱过程中演员十分自由，可以随时根据剧情删减或增加唱念，与对手之间的交流，包括身段动作的交流，也可以随机应变，因此，每次演出都不会与上一次演出完全相同。这就给乐队与演员之间的相互配合提出了很高的要求。在舞台上演员是主体，乐队必须随演员的表演而变化，无论是文场还是武场，都是为了给演员做好伴奏与衬托，因而必须时刻注意着舞台上演员的动作与变化，紧跟舞台进程。至于演员在演唱时，有些地方可能只唱两句四句，有些地方一开腔就可能唱上几十句，甚至同一个剧目，也会因演员情绪的好坏或时间的早晚，某天会多唱些，某天可能少唱些，这些都需要乐队根据舞台上演员当时的情绪以及所唱的词句，细加揣摩，才能衬托得天衣无缝、珠联璧合。

民间创作具有很大的随机性，路头戏也是如此。我们几乎可以肯定，路头戏演员们经常使用的多数唱段，都不是由这些演员们独立创造的。多数习惯于演出路头戏的演员，随时能很流利地上演两三百个剧目，如此繁多的剧目，当然远远超出了任何人的创造能力。

路头戏的演出，固然有许多即兴的内容，但是实际上演员并不需要在演唱每出戏时，都从头至尾独立地创作所有词句，那些演出较频繁的剧目里，尤其是那些关键的核心场次、核心唱段，往往会有现成的词句可以搬用，也有现成的手法可以借鉴。演员可以借鉴其他剧目，可以借鉴文人的创作，还可以借鉴其他演员在该剧中的唱段。演员们总是在长期的演出过程中，从前辈同仁那里继承接受一些现成的核心唱段，以及一些最常用的对话模式。路头戏生于民间长于民间，它是民间智慧的结晶。其中最能体现民间智慧的，无外乎路头戏演员常用的赋子，这些赋子在语言运用方面，集中了我国传统艺术之精华。每个善于表演路头戏的演员，都会背诵许多"赋子"，它是一些可以在多部戏的相同情境套用的唱词或念白。"赋子"是演员艺能的重要组成部分，其中最常见的是以序数构成排比句的赋子。

台州民间戏班里有位小花脸演员经常扮演出游的花花公子，他说自己最喜欢使用以下这段唱词：

家院领头前面走，学生骑马望四周，
春日春山春水流，春堤春草放春牛，
春花开在春园内，春鸟停在春树头，
宦门公子春心动，风流浪子小春游，
千般美景看不尽，转过西街明月楼。

在民间戏班的演出中，我们还能遇到诸多构思精巧的有趣的赋子，最常见的街坊赋子是这样的：

一本万利开典当，二龙抢珠珠宝藏，
山珍海味南货店，四季发财水果行，
五颜六色绸缎店，六六顺风开米行，
七巧玲珑江西碗，八仙楼上是茶坊，
九曲桥畔中药房，十字街头闹嚷嚷。

我们看到，在这里，第三句本应以"三"开头，却被用成谐音的"山"。这是赋子里相当常见的通用方法。杭州是戏剧人物经常出没的城市，而在杭州游玩时必定要到西湖，因此演员们可以使用西湖赋子：

一亩亭台尉迟恭，二郎庙内塑秦琼，
三天竺独坐关夫子，四眼井石秀遇杨雄，
五云山上多财宝，六和塔倒影在江中，
七巧孤山紫云洞，八角凉亭巧玲珑，
九曲桥畔齐观鱼，十上玉皇观高峰。

除了这些用以点明具体场景的赋子以外，人物上场时可以念表示自己身份与境况的赋子，乞丐上场，可以唱念讨饭赋子：

一命生来真叫苦，两脚走得酸如醋，
三餐茶饭无有数，四季衣衫赤屁股，
五方投宿破庙宇，六亲勿认看我苦，
七窍勿通肚皮饿，八字头上带磨箍，
究竟何日苦出头，实在只有去看阎王生死簿。

在这里，"九"和"十"被谐音字"究"和"实"代替了，而其中以"实"代"十"，是各种赋子里最多见的。

人犯被押上公堂审问时，可以使用公堂赋子，当然，只限于正面角色受到冤枉时所用：

一个老爷坐中堂，两边衙役如虎狼，
三句话儿未出口，四十大板将我打，
五内疼痛实难挡，六神无主像死样，
七手八脚推我醒，八字衙门赛阎王，
究竟我犯哪条罪，实在白布落染缸。

皇帝在朝中，也有他专用的赋子：

一朝天子坐龙门，两边衙役保乾坤，
三宫六院都点齐，四品横堂也有名，
五更三点上早朝，六部丞相奏寡人，
七品知县难见君，八府巡按出京城，
九门提督保江山，我寡人十道洪福坐龙庭。

还有在特定场合使用的赋子，如难药赋子，多数时候，是在小旦装病拒婚时使用，声称自己的病只有找齐以下这些药才可以得救：

一要嫦娥青丝发，二要王母八宝羹，
三要九天河中鱼，四要禹公脑髓浆，
五要东海龙王筋，六要西天凤凰肠，
七要湖中千年雪，八要瓦上万年霜，
九要麒麟心头血，十要金鸡肝四两。

我个人最喜欢的赋子，则是著名的《十唱戏文》，它是这样唱的：

一字写起一点红，秦琼卖马到山东，
罗通盘肠来大战，程咬金官封定国公。
二字写起二条龙，唐皇亲征好威风，
白袍小将薛仁贵，边关元帅尉迟恭。
三字写起步步高，三国英雄算马超，
手下兵马千把万，一统山河有功劳。
四字写起肚里空，诸葛亮用计借东风，
鲁肃做事真懵懂，气得周瑜吐鲜红。
五字写起蛮方正，清官要算是包拯，
执法如山不徇私，日断阳来夜断阴。
六字写起摆得平，鲤鱼精真心爱张珍，

金笼软戒多势利,欺贫爱富要赖婚。
七字写起有钩头,一本倭袍尽风流,
十恶不赦刁刘氏,药杀亲夫四门游。
八字写起分两旁,阎婆惜勾搭张三郎,
宋江一怒杀淫妇,逼上梁山做大王。
九字一撇加几钩,八仙过海去拜寿,
王母娘娘摆盛宴,东方朔把蟠桃偷。
十字横直两相配,文必正送花上楼台,
为了小姐霍定金,撇掉状元当奴才。

当然,赋子的表现手法是十分丰富多彩的。长衫丑一般都扮演不学无术的花花公子,上场时可以先念一段这样的引子:

我的出身有来头,爹娘生我真勿(方言,意为"不")愁,
田也有,地也有,隔田隔地九千九。
我格(方言,意为"的")住,走马楼,八字墙门鹰爪手;
我格穿,真讲究,勿是缎来就是绸,
我格吃,算头面,勿是鱼,总是肉,老鸭母鸡炖板油;
我格走,真风流,勿是马,就是船,三板轿子抬着走。

> 书房有书童，上楼有丫头，
> 夜里有妻子，你看风流不风流。

其中虽然不避俚俗，但也不无一种质朴的妩媚。

掌握大量赋子，足以使路头戏的演员的舞台表演保持在一个较高的水平，而且这些赋子因制作精细，且历经长期舞台检验，多数都包含着非常令观众感兴趣的戏剧成分。

演员们平时使用的赋子，多数都所来有自。但由于路头戏本质上具有的自由和开放的特征，使得演员不必要刻板地按照固定的方式使用。在表演过程中，因场景与人物关系的不同，甚至由于演出地的不同，每个演员都有可能对同一部戏的唱词、道白和动作，乃至对剧情做出或大或小的改动。而这样的改动假如能够得到观众以及其他演员的首肯，就有可能被同行们袭用。即使是新创的赋子，只要适合，也会很快被其他演员模仿、接受而传播开来。由于民间戏班的演员具有很强的流动性，个别演员的新创造会随演员的流动而得以传播，渐渐取代原有的表演模式。

路头戏的发展，正是经由无数路头戏演员无数次演出时的微小创造积累而成的，在这个意义上说，它的创造与积累过程，典型地体现出民间文学艺术的共通特征。这些无名氏通过自己的创造，与观众一起构筑了一个相对独立而封闭的、完整的话语空间，人们为同一个故事激动，为同一些人的命运悲欢。这是戏班的演员与他们的观众每天共同创造的戏剧，它们始终活在中国，活在中国的民间。

最后，当我把民间戏班路头戏的自由创造视为"民间写作"时，我无法掩饰心存的疑虑。这不是由于戏班的创造不具有足够的民间性，而是由于真正意义上的民间写作，除了必须是主流意识形态之外的独立存在，还必须是自外于精英文化的独立存在，而民间戏班的创造太符合这样的表述，以至于假如我们把路头戏看成民间写作的范本，就不得不把近年里大大小小的文学杂志标榜的所谓"民间写作"剔除出这个词语包含的范围。我们能这样定义"民间写作"吗？

(原载《读书》2002年第4期)

回头已是百年身

1990年,我作为省"基本路线教育工作队"成员被派驻西塘两月有余,这个当时还非常之古朴的小镇给我留下非常深的印象。

回忆西塘,首先想到的居然不是那里的河边廊街与晚间依稀摇曳的渔火,而是我所目击的古镇风貌遭遇的一次劫难。多年以后这里已经迅速成为江浙沪一带的旅游新景点,说是因为西塘堪称江南最大的古镇,已经有千年历史,旧称"吴根越角",其水乡特色在于桥多、弄多、廊棚多。我想象着西塘游人如织的模样,我猜这也是西塘人的愿望。但那场劫难总是会随着我的西塘之思浮现出来。1990年下半年,西塘镇政府决心要为当地人民做一件好事:花费大量的人力物力为这个小镇的主要街道覆盖上一层水泥,使之成为平坦的水泥路。在此之前,西塘如同江南所有小镇一样,较为宽敞的街道都是用青石板铺就的,小巷里铺着鹅卵石。鹅卵石路总是高低不平,青石板路虽较平坦,石板与石板之间的衔接处也会有些缝隙,那时镇里人普遍都置办了自行车,可以想象骑着新车行进在小镇街道上的颠簸感觉，肯定让镇民们很不爽。但我想更让镇民们觉得不爽的是这样的街道显得土气，他们向往城里人在平坦马路上骑车的快意，更向往城市街道平整划一的模样，因此政府用水泥铺路的德政很得人心。但是很快问题就出现了。江南一带多雨，用青石板或鹅卵石铺就的街道有个天然的好处，就是不易积水。一场雨后，不仅积水很快渗到地下，而且顺便将污泥也洗得一干二净，因此江南小镇虽然没有清洁工，街道却总是显得很洁净，那就是雨水的功劳。然而现在西塘的街道被一层水泥覆盖了，排水成为突出的难题，不渗水的水泥街道一到雨天就满是污泥浊水，我不知道刚刚尝到平坦马路甜头的西塘人是不是有怨言，但即使有怨言也不能阻挡这个小镇主要街道改造的进程，因为这一改造的意义远远不止于铺设几条水泥马路，它的背后是这个介于沪杭之间的古老小镇向往以城市为标志的现代生活的焦灼目光。

西塘这个历史悠久的古老城镇几乎是猝不及防地遇到了水泥这样坚硬的、来自异域的覆盖物，因此带来的问题令人们措手不及。而且城镇街道的排水问题并不只存在于西塘，其实中国多数城镇都有可能遇到甚至已经遇到类似现象。历史地看，这一困窘在很大程度上根源于建立在生活方式之上的文化和习俗差异。我们的祖先聚集一起形成城镇时，并没有选择使用坚硬、无渗的水泥铺设路面，排水问题也就不复存在，所以我们没有必要发展出一套有关城镇排水的完整的技术手段（像青岛、大连这些城市里完备的地下排水系统，全来自老毛子的设计），人们在考虑城镇的重新改建时，也就不会在这方面花费太多心思；因而把水泥移植到我们居住的城镇时，很难想到有同时将与水泥马路相配套的排水系统一并引进的必要。我不知道西塘街道现在的情况如何，我所知道的只是，水泥路面一旦铺成，对道路的改变就已经是不可逆的，它们再也不可能恢复成原来的模样，困难不仅在于现在很难获得当年那样好的石板材，更在于经过水泥覆盖之后的土地，即使重新铺上一层青石板，原有的渗水功能也很难恢复如初。我想象现在的西塘镇政府正在花费比当年修建水泥路面不知多几倍的人力物力，努力设法将街道恢复成当年的模样；不过情况一定不那么简单，原貌的恢复事实上已经不复可能，即使能够大致恢复，呈现在游人面前的也不过是一个今人仿造的古镇面具。

西塘的故事恰是中国现代化进程的一个极具表现力的隐喻。在多数场合，我们的古老村镇在城市化进程中选择的正是这样一种覆盖式的现代化模式，它象征性地体现出中国现代化进程的所有特点：在动机上急于求成，改变外在形态的冲动大大超过了改变内里实质的需求，它用一层人造的、僵硬的覆盖层，不假思索地、无法抗拒地直接遮蔽在温情脉脉的、贴近土地的古老生活之上。这样的现代化简单有效，一目了然，与此在实质上甚至连外表上都十分类似的现象每天都在各地重演，然而正如西塘的街道，谁知道这样的现代化会产生哪些无从预料的悲剧结局呢？

我这样说西塘在改造街道时的现代化努力没有丝毫嘲弄的意味，相反我甚至想为镇民们辩护，我认为他们有权让自行车行驶在更平坦的道路上，有权享受城里人每天都在享受的宽敞马路，也有权通过改变自己的生活环境替代性地满足对都市生活的向往之情；他们尤其没有必要为了城里人装模作样的怀旧、为了让他们欣赏"原始"的乡村风光而每天忍受行路时的颠簸。从事后诸葛亮的角度放个马后炮，我们最多只能说乡镇道路这样的改造缺乏远见，有可能对本地的环境与旅游资源造成永久性的破坏而得不偿失——但是这样的算计也只有在西塘才管用，没有哪位先知先觉者能够预想到今天的西塘会成为旅游点，更想不到西塘还能申请什么世界文化遗产。至于像我的家乡小镇峡口的街道，同样的遭遇带来的不良后果远不像西塘那样严重，至少从当地人的角度看没有那么严重，完全无须劳民伤财掘地三尺重建古风古貌。所以我说我记忆中这桩有关西塘的故事并不是为了批评西塘镇当年那个好心政府的善举。关于西塘的议论言尽于此，我真正想说的是20世纪50年代初和民间戏班有关的一场现代化革命。

中国戏剧自宋元时代基本成形，戏剧表演作为一个行业，其主体一直是民办的流动性、营业性的戏班。偶尔有文人、阔人办家班以自娱娱人，终究数量不多，不成气候；至于宫廷里的教坊则以演练歌舞为主。演戏也是教坊或类似机构的工作，清代宫里曾经设立南府训练太监演戏，所培养的太监演员多时竟达千人，但是宫内的演艺太监，除了为应付一些需要"人海战术"的应节时令戏以外，平时主要只是为外请的主角、名角担当班底而设，因此不算是严格意义上的宫廷戏班。自有戏剧演出以来，无论是宫廷、官府还是富商巨贾，需要演戏时都需要到民间延请戏班，宋代以来的文献以及以艺人生活为描写对象的戏剧小说均足以说明，"唤官身"在那个时代既是戏班的负担，更是他们的荣誉；迄至清代，早期江南一带的名艺人常被征选进宫担任教习，清中叶以后则由升平署在京城戏班挑选艺人入宫表演，名为"承应"，如谭鑫培、孙菊仙、汪桂芬、杨月楼等知名演员都曾经兼任有固定薪给的"内廷供奉"，这份兼差并不会改变他们民间艺人的身份，只是给他们增添了无上的荣耀。由此可见，民间戏班一直都是演出市场中的主体，这些流动性、营业性的戏班拥有非常大的生存空间，从宫廷、官府直到民间的所有演出活动都要由他们承担，足见戏班之重要。

但是20世纪50年代以后的一个时期内，民间戏班却渐渐趋于绝迹，与此同时，"戏班"这个称谓也渐渐被"剧团"取代。民间戏班的消失以及"戏班"这个称谓被"剧团"取代当然不是自然淘汰、自由竞争的结果，而肇始于一场规模浩大的"戏改"运动。"戏改"包括三大内容，即"改人""改戏""改制"，统称为"三改"。"三改"之中，"改戏"主要与戏班表演的内容有关，而"改人"和"改制"两大内容，主要针对戏班以及戏班里的人，而在这里,"制"和"人"的关系实在是非常密切,缠绕成一团,无法分开。

回到1950年前后,我们看到"改制"和"改人"事实上意味着一种完全异质的剧团制度在非常短的时间里被完整地植入戏班。要厘清这些被移入戏班的制度背后的理念并不是件易事,从各地实行"戏改"的结果看,被植入戏班的新制度至少导致了其原有格局在三个重要方面的改变。首先是取消了班主制度,实行财产公有制;其次是改变分配模式,所有人收入高低均根据"民主评议"重新决定;第三是将明确所有戏班的行政隶属关系,同时明确所有艺人与戏班之间的隶属关系,使戏班的流动受到政府的控制,同时也有效地抑制了演员的自由流动。

所有这三个方面的变化都有足够多的理由。

从阶级分析的角度看,刚刚被推翻的"封建制度"到处都充满了剥削与压迫,具体到戏班这一场合,班主自然就是剥削者与压迫者。消灭剥削压迫的方式,就是将私有制的戏班改为公有制。1948年以后的一个时期内,对戏班所有制的"民主化改造"紧跟军队的走向,地方上斗争地主恶霸、进行土地改革的行为也波及戏班,班主所有的戏班财产被悉数充公,极少数班主还被视为恶霸而遭枪毙。但戏班的共产与农村土地改革略有不同,并没有把盔帽行头一概分掉,只是所有制的简单变化,财产仍然属于戏班,只是它在名义上已经成为戏班所有演职员的共同财产。而原来由班主所有的戏班,现在因为废除了班主制,改为实行"共和制",由演职员们共有,一些基本由女性演员组成的戏班还有专门的名称"姊妹班",听起来相当温馨。

演职员收入的重新安排,显然有延安时期的"供给制"原则这个榜样,当然对"平等"的理解也在这里起着重要作用。从人人平等的角度出发看待演职员的分配,名角与普通演员每天在同样一个舞台上演戏,收入差距却动辄几倍甚至几十倍;少数人的收入足可以养一家老小,可以雇几个佣人,还能买房置地,另一些人只不过糊口而已。如此不公平的现象就显得很不近情理,按照那个年代占主导地位的经济观念,这种分配制度同样包含了相当严重的剥削压迫的成分,当然,这里是名艺人对普通演职员的剥削。虽然初时的剧团并没有完全按照"供给制"模式按人均分配收入,但此前名角与班底之间非常巨大的收入差距在一定程度上被抹平了,根据我所了解到的情况,假如名角被定为十分,那么一般的龙套演员也可以定到三分以上,虽然收入的差距仍然存在,但已经不像以前那样悬殊,而且在此后一个时期内剧团内部收入差距还在趋于缩小。

至于戏班与政府之间、戏班与演员之间的隶属关系,则稍嫌复杂,它可能在更大程度上涉及政府的管理职能。此前戏班并没有固定的隶属关系,它们只需要向演出地的政府报备;戏班与演员之间的关系一直也很松散,尤其是著名演员的流动性更大。戏班和演员这种随意流动的习性,与新政府希望将社会井井有条地秩序化的意图并不合拍。因而,由政府实施对所有戏班的控制,以及将所有戏班演员都按照固定的归属关系置于一个特定群体内,就成为"戏改"的一个重要内容。

"戏改"中呈现出的这样一些重要变化,从表面上看很容易与现代化联系起来。这里需要略加说明的是,这种被植入的制度最直接的母本是战时军队以演剧方式从事宣传的文工团,以及与文工团建制相关的那些政治、社会与艺术观念。既然最初的地方政权主要由刚刚从战场硝烟中走出的军队干部执掌,战时体制的影响自是不可低估。当然,战时文工团的范本效用并不是在"戏改"进程中唯一起作用的因素,而且战时文工团也不完全是战争的产物,它也明显受到西方艺术观念与制度的影响;比如从上述第三方面的变化,就能清晰地看到苏俄时代大剧院制度的影子,而这一影响的路径,显然来自那些更熟悉西方艺术的知识分子,而不是一般意义上的军队中下层工农干部,在这里我们看到,就像易卜生被误读成专事揭露社会问题的剧作家而担当了20世纪初激进知识分子们利用戏剧干预时事的榜样,西式的艺术观念也令人啼笑皆非地与战时文工团结成连理;令人感慨的是无论是在军队还是在1949年前后的地方文化部门,艺术领域的话语权无疑是掌握在擅长西学而不是精研本土艺术的人们手中,这大约是后来的"戏改"之所以会按照熟稔西方艺术的知识分子奉行的艺术理念而不是按照戏班与民间戏剧演出习惯实施的根本原因。

随着"戏改"进程，戏班这种在中国持续了上千年的表演艺术团体的存在合理性受到质疑，在这个过程中，人们似乎是下意识地用"剧团"这个称谓取代了一直以来习用的"戏班"。以浙江省金华地区为例，尤其是1953年以后各地逐渐实行剧团登记制度以后，这一带戏班原有的称呼都被"剧团"取代，当然多数剧团都选择了时髦的名称，诸如"五星剧团""拥和剧团""红旗剧团"等。我们看到20世纪50年代以后中国出现的这些"剧团"，与传统戏班的区别远远不止于称谓上的简单改变。解放初许多戏班的"共和制"也不仅仅是废除班主制和实行共产，随之而来的剧团登记对他们的要求更进了一步，改制后的剧团要符合政府的要求，不仅要将戏班的财产改为由全体演职员共同拥有，而且还必须完善一系列机构。某个包括五十人的剧团申请登记的表格中填报的内容令人咋舌，我们看到这个初组建的剧团里设置了团委会、艺委会、财委会、行政学习管理委员会、导演小组、教导小组，当然还有工会；另一个包括四十一人的剧团建立了团务会会议制度、研究组会议制度、经济制度、预算制度、请假制度、会客制度、寝室制度、公共财物管理制度、伙食团制度、排演制度、演出制度。尽管如此之繁杂的制度难免有相当一部分形同虚设，但你只要想想这些制度本身就可以知道，为了满足政府剧团登记的要求剧团需要做出何等努力。

演职员的收入变化最值得探讨。戏班长期以来自然形成的分配模式与演出方式相关。只有当城市化的剧院出现之后，这种情形才发生一定程度上的变化。虽然根据文献记载，宋代时娱乐场所就有收门票的现象，但是在多数场合，民间戏剧演出并不通过剧场方式售卖门票赢利，营业性的戏班自有其他的赢利模式。晚清北京以及各地普遍出现以"茶园"为名的剧场，这种特定的茶园实际上以演戏为主，客人也主要是为看戏而非为喝茶而进茶园，然而，茶园却是靠从每位茶客那里按座位收钱赢利，收钱的名义是茶钱而不是戏钱。直到西式剧院逐渐普及，才在城市的非租界地区出现以门票销售方式赢利的剧院，只有到了这时，看戏买票的现象才重新出现。在大城市里出现的这些西式剧院，有时在名角与剧院之间实行拆账制，也即按照演出实际收入，演员方与剧院方三七开、二八开甚至一九开，演员拿大头，当然这种情况只限于极少数特别走红的、有特殊市场号召力的演员；在非常罕见的场合，也有演员按演出季拿包银的现象，这种情况多数是由于演员应邀到陌生地演出时对当地票房情况心中无数，只能按照固定标准获酬以免吃亏。除此以外，戏班内的分配模式主要是通过协商，由班主按照工作日每天支付固定的报酬给演员，即按日给酬。演员按日取酬的方式的合理性在于，戏班通常并不在固定的场所演出，班主需要在流动中寻找戏路，因此演出市场存在不确定性，而这种不确定性带来的收益风险按惯例应该由班主和演员双方共同分担。班主的义务是只要有演出，则无论每天演出的收益高低，都必须向演员支付固定的报酬，假如收益低过一定的数额则名义上应该由班主承担亏损；演员的风险则在于流动演出的过程中，假如戏班没有足够的戏路，不能获得足够多的演出机会，则艺人的收入也就相应下降。当然，戏班习惯上还有更复杂的一整套用来解决合理分配与风险共担问题的方法，比如演职员每月应该有一至两天义务演出，名为"送戏"，但这并不是分配的关键所在。关键在于戏班的戏路长短与戏价高低主要取决于戏班里的知名演员，而知名演员永远是稀缺资源，不像一般的演职员甚至龙套很容易请到，因此名演员的收入水平必然会远远高于其他人。也正因为演职员可以自由流动，因而他们总是可以在这种流动与选择的过程中，获得足以准确体现他们市场价值的收入。

然而"戏改"之后，戏班改造成演职员共同拥有的"共和班"之后，所有人的收入均按民主评议制度议定，其结果是显而易见的，此前收入差距动辄几十倍甚至上百倍的现象消失了，出色演员也就不能再像以前那样能够因其特有的知名度而获得高报酬。而像戏班这样一种特殊的营业性团体，知名演员几乎是戏班获得赢利最关键的要素，越是著名的戏班越依赖于知名演员，而演职员之间的收入差距也就越大；因而，经民主评议缩小了演员收入差距之后，主要是名演员的收入下降之后，戏班所受影响也就越大。演员收入按照民主评议结果分配的模式维持了一段时间之后，如同当时的历史文献所指，由于"著名演员的演出积极性受到打击"，不少戏班不得不采取变通方法对民主评议结果做出校正，比如在商定的收入之外，给那些戏班的台柱演员专门提成;不过一遇"三反""五反"情况又有变化——因一些高薪演职员被打成"老虎",全国上下相当一批知名演员"自动要求"降低工资,平均主义又占上风。在1955年剧团登记时的统计表格上可以看到,此时的剧团内收入差距已经很小,以浙江金华的老艺人徐汝英(73岁)所属的浙江婺剧团为例,她的工资最高,每月底薪25元,当年月平均收入72.35元;团里收入最低的是一名年方十五岁的彩旦,每月底薪10元,月平均收入34.7元。在一个集中了该剧种最优秀演员的剧团里,这样的收入差距显然远远不足以体现大小角色在演出市场上的不同价值,我相信成为这样的格局带给著名演员的心理挫折,必然会直接间接地体现在舞台上——这种体现当然不会是"诗穷而后工"或"愤怒出诗人"。

如前所述,"改制"的最初结果是民营的戏班均渐渐改成"共和班",然后其中有一小部分变成民办公助的实验剧团。如果说通过政府的剧团登记措施,渐渐将所有"戏班"都改成"剧团"已经远远不止于名称上的变化的话,那么随之出现的集体化与国有化进程,则使戏班的构成进一步发生了质变,一种制度在根本上为另一种制度所替代。与这个制度替换的过程相伴随的,是戏班艺人的身份与社会地位的根本变化。他们从必须依赖自己的艺术表演活动而获得收益的艺人,变成在政府机构事业序列中领取固定工资的"文艺工作者",随着越来越多的老戏班被改造成国办剧团,这个群体甚至完全演变成了政府编制内旱涝保收的国家干部。从理论上说，由于他们获得了所有方面的保障，将有可能免除演出市场竞争的商业压力，并以前所未有的自由心态致力于艺术创作，艺术上的突飞猛进自是可以期待；而实际情况并没有那样乐观，一种未曾预料到的结果是，失去了市场上激烈竞争的压力的演员，也就丧失了在艺术上不断进取的最原始的动力。加上著名演员收益失衡，恐怕正是近几十年中国戏剧的表演水平整体上趋于下降的关键原因。这样的结果不仅完全不切合那种乡愿的理想，而且其未曾预料到的负面效应正通过一代又一代演职员的承传而逐渐放大；如果说起初由于一小部分根据知识分子趣味改造的经典剧目的光辉而遮蔽了本土戏剧面临的危局，那么随着时间的推移，衰落也就无可避免地突显出来。

若干年后我在浙江临近金华的台州地区从事民营剧团研究，最令我诧异的是这里20世纪80年代以后出现的民间戏班，又重新形成了那样一整套独特而又功能齐全的、为业内所有人认可的制度。如同历史上几乎所有戏班一样，这里的戏班绝大多数是班主制的，衣箱行头由班主置办且归班主所有，只有很少的一些主角演员会置办自己的衣装（俗称"私彩"）。演出收入的分配方式则由班主、演员双方共同商定，它也很完整地承继了历史形成的惯例；而且戏班总是在流动演出，演职员也重新成为自由职业者，他们可以按照自己的兴趣并且根据所获报酬高低，自由选择戏班，他们与戏班之间除了不成文的行业契约以外，并没有任何意义上的人身依附关系。这一时期，台州也曾经有过个别类似于当年"姊妹班"的戏班，但终属例外，且难以持久。戏班的所有制、分配模式以及流动性这互为因果的三位一体，又一次回到它的原初状态。耐人寻味的是，现在的民间戏班其制度性安排居然那样自然而然地承袭着50年代被"戏改"遗弃了的传统，现在的戏班当然也不再需要那几年为了顺利通过剧团登记而设置的种种"委员会"。仿佛是久沉的历史记忆突然间重新浮出水面，台州这块狭小区域80年代冒出的上百个戏班除了名称一律称为"某某剧团"以外，居然不约而同地采用传统戏班的制度模式，绝非出于偶然。诚然，几十年的历史足以使现在的戏班与传统呈现明显差异，仅凭80年代以后出现的这些民营剧团很难完全恢复"戏改"以前的戏剧生态，业已下降的表演水平很难在短时期内提高，更显暧昧之处的是演职员们仍然心怀对国营剧团的艳羡之情，因此，这里呈现出的制度性回归是否能够从根本上修复"戏改"后出现的诸多问题，还有待于时间作答。但最值得注意的是，这些民营剧团在制度选择上，无疑体现出足够的自主性与自觉。

然而，我们也不能简单地就说50年代的"戏改"纯属政府自上而下的一厢情愿。如同西塘镇铺设的水泥路面一样，这段历史真正的复杂性在于，戏班向剧团的迅速转变，在很大程度上，和数十年后台州的戏班班主选择传统模式一样，也包含了艺人们主动选择的因素。从"五四"

直到"戏改",有关戏班以及传统戏剧中存在的随意与粗糙成分一直是新知识分子的批评对象,在一定程度上也正是"戏改"的主要理由,在这些严厉批评面前艺人们完全无以应对;虽然在涉及个人利益时他们会心怀怨怼,但是在艺术观念与价值层面,他们却在很大程度上自觉不自觉地接受了"戏改"遵循的那些听起来非常完美的理由,因此急于摆脱新社会落伍者身份的渴望压倒了诸多现实的考量。徐汝英老人曾经向我描述过当时的心情,她说看到当地另一个著名戏班奉命参加省物资交流大会的演出,成了受"公家"派遣的人,心里的艳羡之情无法抑制。她和她的同伴们都觉得"还是国家团有前途、风光",这就成为许多艺人竞相靠拢政府、诸多戏班竞相改制的情感动力。然而这却成为她的艺术生命从巅峰滑落的转折,由于新组建的浙江婺剧团致力于培养新一代更有觉悟的演员,她很快失去了大荣春戏班乃至金华一带首席女演员的位置,成为新的国营剧团里的二路青衣。在许多场合,一个时代的流行观念之所以形成,是由于民众在无意识之中接受和似乎自发地选择了某种生活方式与价值观,而只有细读历史,才有可能找到与这种选择相关的复杂的背景与留给历史的复杂图景。就以戏班的艺人而言,有关"翻身"的历史叙述是我们耳熟能详的,不止一部当代戏剧史提及解放后艺人们翻身的喜悦之情,"旧社会我们被称为'戏子',在新社会我们当家做了主人"。由于心怀翻身的感激,20世纪50年代初的戏剧艺人们主动要求改制是屡见不鲜的常态，但我们不难逐渐发现背后的蹊跷，原来那么真切地体会到"翻身"喜悦的艺人却发生了分化。随着代表了这门艺术之水平，并且因之决定了这个行业兴衰的优秀艺人的积极性与创造性受到抑制，一般演职员的未来也就可想而知。

如同诸多后发达国家对发达国家文化与价值观念的引入一样，后殖民时代最具悲剧性的现实，就是文化殖民往往并不像军事殖民与经济殖民那样通过殖民者对被殖民者的入侵实现，相反，它经常表现为后者对发达国家文化与价值积极主动的引进；在这样的引进过程中，往往是那些忧国忧民的社会精英担任了覆盖式现代化的积极倡导者，而且经常要等到这样的引进对本土文化价值观造成无可修复的破坏，才会引起警觉。因此，西塘绝不是一个特例。

如同戏里常唱的那句老话，一失足成千古恨，再回头已百年身。但真要历史回头，又谈何容易？

（原载《读书》2002年第8期，
题目为"覆巢之下，焉有完卵"）

生活在别处

刘晓真的硕士论文以山东商河鼓子秧歌为题，研究鼓子秧歌晚近几十年传承与变迁的历程以及出现的问题。她在做这篇论文时有一个很细腻独到的发现，如同她的论文里指出的那样，就在鼓子秧歌的影响越来越大，在国内各种舞蹈与民间艺术大赛中频频获奖，而整个社会的文化艺术活动也因为这些民间艺术的加入而愈显繁荣的同时，在那些最能代表商河地区鼓子秧歌表演水平的村庄，人们跳秧歌的热情却在下降。那些被频频邀请参加各种民间艺术大赛，经常获得各种荣誉，并且有机会在各类庙会和企业庆典之类的活动中从事有偿表演的村庄秧歌队，似乎不再拥有从前每逢正月十五串村走户表演的"心气"，或者说，他们跳秧歌的动力，渐渐离开了正月时节在自己的村庄以及邻村之间营造一种热闹气氛的自娱自乐的需求，变得更趋近于以"民间艺术"的身份获取实际的经济利益——从前跳秧歌是不收钱的，现在许多跳秧歌的能手却变得非常在乎报酬的高低，即使是代表地方政府参加各种赛事，也需要保证每个参与者的收益。刘晓真认为，虽然从表面上看起来，鼓子秧歌仍然存在并且愈显红火，然而商河鼓子秧歌的文化功能，已经悄悄地发生了"从乡俗仪礼到民间艺术"的重要变化。

如果要深究这一变化的语境就会发现，即使是秧歌队开始意识到要获取经济回报这样简单的事实，其原因也远远不止于人们经济意识的觉醒。其实中国社会随处都可以找到类似现象，而正是这许许多多人们习焉不察的变化，比起接踵而起的高楼、林立的工厂以及家用电器乃至手机和互联网的普及，更深刻地记录着我们生活的变化。

在这样的变化背后，有一个因素是不能不特别加以注意的，那就是"民间艺术"这个特定词汇的出现，以及对民间艺术的重视与发掘。中国的民间有太多的艺术活动或者包含了艺术内涵的活动，20世纪50年代以来，大量经过发掘整理与改编的"民间艺术"，进入国家组织的文化艺术活动中，成为政府主导的"文化建设"的重要内容。但是，真正能够像鼓子秧歌那样受重视，并且从20世纪50年代初就以"民间艺术"的名义得到很好发掘的却不算太多，鼓子秧歌甚至能够进入北京舞蹈学院的民间舞教程，这样的"待遇"实在是屈指可数。能够得到重视和发掘，是商河鼓子秧歌的幸运，然而这样的重视与发掘对鼓子秧歌本身的复杂影响，长期以来却为人们所忽略。

民间艺术并不是今天才受到人们关注，早在汉代（一说始于秦王朝期间），中央政府设立"乐府"以"采风"，其主要功能就在于收集民间歌谣。乐府之所以关注民间歌谣，主要只是偏重于通过这些歌谣察知民情，它恐怕并不承担整理、改编民间歌谣以"繁荣文化艺术事业"的功能。如果我们不考虑传说中孔子删编《诗经》以及冯梦龙编订《挂枝儿》《山歌》等零星的行为，严格地说，民间艺术活动真正大规模地受主流文化人的关注，就要迟至20世纪，前有1918年以后北京大学的专家学者对民歌民谣以及民俗的搜集研究，继有如30年代晏阳初领导的平民教育运动中搜集整理的《定县秧歌选》（此秧歌非彼秧歌，定县秧歌是戏剧，山东的鼓子秧歌是舞蹈）之类文献，更大规模的搜集与整理要推50—60年代。1952年前后、1956年至1957年上半年以及1961年至1962年初，分别有过三波全国性的发掘整理民间艺术文化遗产的群众性运动，根据文化部的指令，各地都派出相当数量的文化干部，负责记录与整理民间艺术，包括戏剧、曲艺、民歌、舞蹈等。因此，要说20世纪50—60年代是有史以来对民间艺术最为重视的年代，是有坚实的历史材料为依据的。然而，同样是对民间的关注，立场、方法与态度却有所不同，而以何种立场、方法与态度对待民间艺术，与乐府"采风"之间的异同，是我们需要特别讨论的。

我之所以特别谈到所谓"采风"，是由于从20世纪50年代以来，这个词又一次在很多场合被使用，直到现在，有关部门仍然会不时组织一些作家、诗人或者画家去各地"采风"。虽然我本人在农村从事民间戏剧的田野考察时也经常被人们戏称为"采风"，但是，就像我几年前在一篇文章里特别强调和声明的那样,我坚持认为自己从事田野考察并不是去"采风",更直接地说,我很讨厌"采风"这样的称谓——除了由于这个称呼多少有点与"官商"相类似的"官学"的口气,似乎我是以"官"的名义去体察"民"风"民"情(当然也有朋友提醒我,所谓"田野"考察的称呼也很不妥),还包括另外的意思。这意思就涉及从事田野考察的目的,研究民间艺术的目的。我之所以拒绝"采风"这个称呼,是由于我觉得我并不是去那里"采"些什么,不是像蜜蜂采集蜂蜜那样去民间"采集"我们所需要的养料的,当然我也不是为了创作而去"深入生活",那倒是和"采风"的含义很贴切。

然而从 20 世纪 50 年代以来的一个相当长的时期内,由政府派往基层发掘与研究民间艺术的专家们,恰恰是抱着典型的"采风"的态度走向民间的。现在的中年人,在青少年时代都曾经大量接触与欣赏源于藏族、蒙古族、苗族或维吾尔族民间艺术的风格独特的音乐舞蹈表演,当时出现的一大批少数民族题材与风格的音乐舞蹈,就是"采风"的硕果。诸多少数民族的艺术之所以受到特别的注意,是由于相对于汉族这个主体而言,它们是文化上的"民间",按照同样的文化逻辑,50 年代汉族地区流传的民歌(包括牧歌、山歌和田歌等)和民间舞蹈等,也由于经历同样的"采风",因之成为构成那个特别重视"民间"的时代文化整体的一部分。说这些作品是"采风"的硕果,不仅由于 50 年代以来流行的少数民族歌舞充分利用了对于汉族人而言相对比较陌生的、以前在中国艺术这个整体中处于边缘地位的非汉族艺术元素，使它们凸显出前所未有的"民间性"，而且更因为这些音乐舞蹈作品均经过艺术家们的整理、加工和"提高"。也就是说，这些由于非汉族而被定义为"民间"的音乐舞蹈并不是原封不动地被搬到以汉族为主体的世界中来的，当局也不鼓励搜集整理者将它们原封不动地照搬过来，它们既需要根据在当时占据主流地位的政治和艺术观念以进行甄别，还需要对它们加以必要的改造，使之能够与主流社会的艺术话语相融会。这期间各种"民间"艺术所受的改造是双重的。除了"官府"的改造——大量的符合新政权意识形态诉求的政治话语被嵌入"民间"艺术中，这些"民间艺术"还被施以"专业化"的也即学院式的改造。在这里，"民间"一词同时成为"政府"和"学院"两个实体的相对物。我们现在称为"民族音乐"（尤其是声乐界所谓的"民族唱法"）和"民族舞蹈"的那些本源于民间的艺术，就是经历这样的双重改造并且被定型化之后留下的身份可疑的所谓"民间艺术"。"采风"一词的风行，最典型地显示出分别源于"政府"和"学院"的两股掌握话语霸权之力量的合谋，经由对民间艺术"采风"式的发掘、整理，它们一同完成了使"民间"的艺术得以有机地嵌入主流社会之中的改造。

这些经过改造的艺术似乎仍然是民间艺术，虽然经过不同程度的改造，至少它们还多少保留着明显的、足以指认的原始风格与元素，但是它们还是真正意义上的"民间艺术"吗？那些上山砍柴的儿童还会不会像他们以前那样信口开河地演唱这些经过了改造后的山歌，从这些山歌里，是不是还能够像它们的原始状态那样，足以让人们体察到歌唱者的情感与心灵？进一步说，那些经过改造的藏族、蒙古族、苗族或者维吾尔族的"民族歌曲"和"民族舞蹈"，还是不是他们民族自己的艺术，现在还有没有可能继续在他们的生活中被传唱和表演？更尖锐地说，"采风"的内在动力，是否正在于要将"民间"异化为"伪民间"的主体意识？

对 50 年代以来这场政府组织的大规模地搜集整理民间音乐舞蹈的活动，至今还鲜有研究。只有很少个案受到过学者的关注，其中包括河北的定县秧歌——董晓萍和欧达伟两位著名学者从 1992 年开始通过对 30 年代记录的《定县秧歌选》进行回访调查，他们得出的结论是，尽管从 50 年代以来，政府组织了官办的秧歌剧团，受政府指派的文化人对这一地区流传多年的传统秧歌剧目做了从内容、音乐到表演的全方位的改造，还创作了一些新剧目，然而当这些戏剧活动重新回归民间，所有这些改造，包括新剧目都不受表演者与观众的认可，定县秧歌又回到了它的原始形态，因此他们指出："六十年来，定县社会虽然发生了巨大变化，但秧歌戏不变。"（董晓萍、[美]欧达伟著：《乡村戏曲表演与中国现代民众》，北京师范大学出版社 2000 年版，16 页）然而，并不是所有民间艺术都能像定县秧歌那样重新恢复它的原貌,或者说,定县秧歌的原貌只被保存在它的原生地,甚至在原生地,它也会遇到各种各样的威胁。

我们将如何理解50年代政府指派大量文化干部对民间艺术进行大规模发掘整理这一历史事件?无疑,那些身负特殊使命的文化干部典型的"采风"心态,就是一个极佳的切入角度。我之所以使用"采风"这个词描述50年代的少数民族以及汉族民间艺术的搜集整理活动,不仅因为那些受命奔赴基层的文化干部们经常很自豪地使用这个词,更由于他们所做的搜集整理工作,确实带有很浓厚的官方色彩——对于文化干部们而言,他们之所以接近民间艺人只是为了方便于记录和搜集民间艺术,更重要的是,对于这些文化干部而言,民间艺术始终只具有材料的意义,它们必须经历一个"推陈出新"的"艺术化"的整理过程,取其精华,去其糟粕,然后才能成其为艺术品。

客观地说,50年代有那么多少数民族的艺术被融入中国艺术的整体,即使它们无一例外地经历了各种各样的改造,有一点是毫无疑问的,那就是经由这些改造,这些民族的艺术得到了前所未有的广泛传播,不仅使这些人数较少、活动地域局限的民族的艺术在更大程度上融入中华民族的艺术整体,进而更多地为世界所认识。当然,这种传播的前提,是它们已然在某种程度上被视为"艺术",而不再仅仅是这些民族日常生活中普遍可见的仪式或者极为平常的娱乐。

同样的现象也大量出现在汉族的民间艺术领域,如同鼓子秧歌进入舞蹈学院的教程这一事件,意味着鼓子秧歌的艺术价值得到了由另外的一批"文化人"构成的主流艺术界的认可一样,许多民间艺术经过文化人的改造以后在艺术界获得了很高的地位,这对于民间艺术以及艺人而言,无疑是一种荣誉,而且也经常为他们自己所津津乐道。然而,正是由于民间艺人们自觉不自觉地将他们的艺术被主流艺术界认可视为无上荣誉的现象,足以证明他们心目中暗含的价值观念,当然这种价值观是由文化人与民间艺人双方共同建构的。民间艺人因为他们的艺术能够进入文化人的视野并且得到文化人首肯而感到兴奋、骄傲的现象,不仅仅证明了民间艺术与文化人创造的艺术同样有着无可替代的价值,同时还包含了更复杂的内涵,还意味着"民间"对自身原来的自在自为的存在合法性的质疑,意味着"民间"对与它相对应的那个高高在上的群体的臣服,它将自身价值的裁决权,无条件地交给了与自身有异的那个群体。因此,文化人对"民间"地位的提升,不仅证明了"民间艺术"的身价,同时也反过来证明了文化人拥有甄别、裁决与判断民间所有那些早就存在并且为民众所喜爱的艺术活动是否确实拥有"艺术"价值的威权。

从历史境遇的角度看,民间艺术因为没有书写历史的权力,所以他们只能满足于被书写,于是,他们心甘情愿甚至心情急切地希望成为被"采"的"风"。"采风"是如此强有力地影响着民间的艺人,一旦民间艺术以"采风"

的方式得到发掘，艺人们甚至会很快地放弃他们对这种原本属于自己的"民间艺术"的命名和定义权，更不用说它的发展路向与衡量其优劣的标准。进而，民间原有的艺术价值观念被"采风"者的价值观所置换，开始自觉或不自觉地按照这种新的价值观改变自身，如此将自己从边缘挤向中心。如果说"采风"的结果，就是东方歌舞团那种极为典型的伪民族、伪民间的表演，那么，20世纪90年代后期的腾格尔和彝人制造组合，就是主动地将自己民族的传统艺术异化为被"采"之"风"的另一类典型。

虽然"采风"的高潮在20世纪50年代到60年代初已经告一段落，最近十多年里，民间与乡土艺术再一次开始风行。这种风行与旅游业的兴盛几乎融为一体。不仅依托于自然风光的旅游业迅速发展，而且各地都出现了大量所谓的人文景观，它既包括深圳、北京的民俗村、民俗园之类仿真的"文化"旅游点，也包括上海周边的周庄、同里、乌镇、西塘，徽州的民居，山西的乔家大院，等等。

旅游业的崛起，源于目的地在地理形态与文化形态上与旅游者日常生活空间的差异，因此，它使得更多在地域上以及在文化上远离中心的人文空间的价值得到了重新确认，所以它呈现出一种尊重文化多元价值观的表象，但需要强调的一点是，几乎所有的旅游点都经过精心的"开发"，而这种"开发"，正是一种新的"采风"。因此，旅游者看到的，事实上在多数场合只是一些按照旅游者的心理需求被精心包装的、貌似独特的文化商品，虽然这并不影响他们的经验性质，也并没有偏离多数旅游者追逐体验的目标，但正是在那些地理和文化上的"边远地区"被开发成旅游目的地也即被商品化的过程中，原本为当地民众真实地拥有的生活已经不再具有完整性，它们成了被加上"文化"橱窗的供展览的稀罕物，其性质事实上已经被改变。而在所有这些旅游点被当作重要的视觉元素的民间艺术活动，同样如此。我在广西桂林一个新建的"民俗"旅游点看到激情的壮族歌舞，在惊异于那些青年男女们的奔放舞姿的同时我又怀疑，当他们离开自己生活的村寨来到这个旅游点，每当有游人到来他们就必须在这块固定的狭小地盘里起舞，将他们往常如同吃饭穿衣一样构成其日常生活之一部分的歌舞奉献给每一位游客以赚取报酬，这时的歌舞还是他们生活中的歌舞吗？更推而广之，我们在各地所谓"民俗村"里看到的少数民族生活，是否真的是他们的"生活"？如果不是，那么他们原来属于自己的"生活"，又能够在哪里找到？在他们的日常生活被开发成民俗的同时，他们真正意义上属于自己的生活，恐怕也就遗失了。就像在徽州人眼里，外人趋之若鹜的古老民居并不是今天的他们真正喜欢的居住场所，乔家大院也已经不再是乔家人的家，游客在周庄、同里、乌镇、西塘等江浙小镇看到的"民俗"，根本不是这里的人们真正的生活场景，就像在无数旅游点游客参与的"民俗婚礼"都不是真正意义上的婚礼一样，桂林那些壮族青年男女只是在"扮演"跳着壮族歌舞的壮族人；原来生活在这块土地上的主人们不再有他们自己的生活，他们只是按照旅游开发者的设计"扮演"生活。他们的生活已经不在这里。

无论是从经济的角度还是从文化传播的角度看，这些能够在各地民俗村、民俗园表演的民族都是幸运的，除了表演能够以不菲的收入帮助他们的村庄甚至民族走出贫困，而且，在传媒时代，所有非主流的传统艺术或类艺术活动，只有当它们找到有效的商业传播手段时，才有可能避免急剧边缘化的厄运，避免成为少数因幸运地得到新兴传媒关照而兴盛的文化现象的牺牲品。在它们的身边，数量更多的、更接近于民间原生态的艺术样式正面临衰亡的危机。怀特·戴维斯在《国家地理》杂志的全球文化特辑中说，每失去一种语言，"世界就一点一滴地失去原有的趣味性，我们牺牲的是人类的原始知识以及数千年来的智慧结晶"。民间艺术同样如此，而且由于艺术蕴含着人类情感与智慧的深层内涵，更值得珍惜。但是我们真的不能肯定那些原本属于民众自己的歌舞与风俗经过艺术家们的改造，或者被移植到民俗村、民俗园之中，究竟是它们的幸运还是不幸，因为所有的民间艺术，只有当它们在这些艺术的创造者的日常生活中自然而然地存在时，才拥有真正意义上的民间性，才是人类"原始知识以及数千年来的智慧结晶"的丰富矿藏，一旦它们经受"采风"式的发掘，就像经过一番掠夺性开采，剩下的只有残骸。

回到刘晓真的论文，根据她的研究，虽然商河因鼓子秧歌而在1996年被文化部命名为"民间艺术之乡"，但这种老百姓喜爱的独特的民间舞蹈早就发生了质的变化，现在他们中最有影响的村庄跳的秧歌是由文化馆的老师重新编排，并且在他们直接指导下经过反复排练后推向社会的，事实上就连现在人们通称的"鼓子秧歌"这个名称也不是他们自己的。鼓子秧歌原先所拥有的，尤其是它在当地民众生活中拥有的潜藏于精神与心灵深处的意义，却被另一种意义置换了。商河一带的民众本来有他们自己的、一直被称为"跑十五"的舞蹈，而这种民间艺术活动被命名为"鼓子秧歌"，并且被定义为"北方汉族男性舞蹈"的过程，在某种意义上既是它被"采风"者发现且获得广泛的艺术与社会声誉的开端，同时又是这种独特的民间歌舞被抽离其原先生存的精神土壤的开端。从这个时候起，鼓子秧歌在商河民众日常生活的意义开始发生变异，虽然他们仍然每年跳秧歌，然而以往被他们自己称为"跑十五"的活动的重要意义却日渐消失了，他们不再有每年临近正月十五时就准备走村串户跳秧歌的源于内心深处的无名冲动，在整个舞蹈的进程中也就很难涌现出阵阵激情，这种活动曾经是如此深刻且具体地凝聚着他们作为一个亲密群体的情感，现在，却异化为功利指向非常明确与现实的营利性活动——或者为了商业利益，或者为了参加政府组织的种种汇演以获得政治荣誉。于是，鼓子秧歌已经不再是他们灵魂的需要，不再是他们情感的纽带，甚至就在跳着同样的秧歌时，他们也已经不再活在自己的精神世界里。这个过程是如此清晰地向我们昭示着一个令人心痛的事实——商河百姓的日常生活正在渐渐成为世俗的碎片。或许就因为鼓子秧歌离开了他们的生活，或者更准确地说，是鼓子秧歌在他们生活中的意义遗失，他们的生活不再具有完整性，最后，终将失去生活本身，成为寄居在这块无生命的土地上的匆匆过客。

（原载《读书》2003年第11期）

新社会的"公家人"

1951年初夏,金华、衢州一带声名卓著的婺剧戏班"大荣春"当家青衣徐汝英和戏班里的姐妹们都感到有点不爽,因为浙江省举办的省物资交流会上,偏偏是当地另一家名戏班"周春聚"受到了邀请,正在那里风光。"周春聚"的当家小生周越(月)先(仙)和徐汝英齐名,可是机缘巧合,代表金华衢州一带的婺剧戏班出席了头年年底在上海召开的华东戏曲改革工作会议后,"周春聚"马上改名为民办公助的衢州实验婺剧团,成了附近第一个"公家"的剧团,有机会享受"公家"的补贴。徐汝英和她在"大荣春"的姐妹们深感还是"公家"的人比较有前途,于是就在心里筹划着什么时候也让自己的戏班和"周春聚"一样成功转制为民办公助。她们的心愿很快变成了现实。几年后浙江婺剧团向政府申请登记的一张表格上这样叙述剧团成立经过:"1953年初政府为了扶持婺剧的发展,省文化局特派员深入金、衢等地,选拔阵营较强的民间流动班社——大荣春剧团为基础,并将衢州实验剧团部分演员如周越(月)先(仙)等并入,于同年2月10日正式成立带实验示范性质的浙江婺剧实验剧团,以周月仙和徐东福为正付(副)团长,并先后派钱章平、谭德慧为辅导员,每年辅助一定的事业经费,作为省的重点剧团。"这个剧团也正是婺剧界首屈一指的国营浙江婺剧团的前身。

"大荣春"如愿成为新组建的浙江婺剧团的核心班底,在此后的年月里,虽然徐汝英经常会遇到当年未可预料的委屈和挫折,她已经不复再有回归之路,直到退休后还受聘担任金华艺校婺剧班的老师,也依然是"公家"的人。在她退休后不久的1995年左右,浙江婺剧团的名丑吴光煜成为第一个刚刚到达退休年限就毅然离开国营剧团,应邀在新出现的民间戏班中客串的婺剧名角,一年之后他感慨地说:"我在戏班里这一年赚的钱,比我在国营剧团演一辈子戏赚的钱还多。"

1951年的徐汝英不可能预知未来,要到很久以后她才能真正明白,让戏班变成国营剧团并不是戏班名称的简单更换。更重要的是,随着全国性的"戏改"工作以及剧团登记工作的开展,私营戏班渐渐绝迹,那些原来还不急于变化的戏班与艺人也在与政府的半推半就中进入了"公家人"的行列。而最初那一批敏感于时代变化的名艺人急于向政府靠拢、成为"公家人"的心境,却是1951年5月5日由政务院周恩来总理签发的、后来被简称为"五五指示"的《关于戏曲改革工作的指示》得以迅速在全国各地贯彻执行的重要前提条件。这份影响深远的政府文件包括三项主要内容,也就是人们常说的"三改"——"改人、改制、改戏"。中国传统戏剧因此发生了前所未有的巨大变异。

"改人"涉及的对象正是全国各地的几十万戏剧艺人。在这场巨大的变异经历中,促使艺人群体的变化是其中最重要的一环——这暗示了一个事实,艺人们在这一变异过程中无疑是被动者,他们看似积极主动,实际上始终在被来自戏剧界之外的另一些人,按照某些完全来自戏剧界之外的价值标准改造着。

"人"而需要"改",当然是由于艺人们离新政府奉行的戏剧观念有很大差距,甚至比新政权奉行的意识形态与民众长期以来喜闻乐见的传统剧目中所体现的意识形态之间的差距还大。按照新政府所持的文化理念与政策,戏剧是重要的宣传工具而不是往常意义上的娱乐行业,戏剧从业人员应该形同军人那样对政策与政府意愿令行禁止。因此新政权迫切感到需要按照军队文工团的模式,将全国几十万戏剧从业人员,将这些一直以戏剧表演谋生的艺人改造成为执行宣传、教育民众之任务的队伍,将艺人们从那种只知道通过演戏赚钱度日的"麻木"状态中"唤醒",让他们感觉到在新社会所肩负着的无比光荣的责任。

在此后的若干年里,文化馆和戏改干部协力为戏班的艺人开办了各种各样的学习班和训练班,除了让艺人学习文化知识以外,更重要的是要帮助艺人"提高思想",因为"他们长期生活在旧社会,旧社会的深重影响,使他们在思想上、作风上存在许多严重的缺点,如生活散漫,作风恶劣和不同程度的资产阶级思想观点,只单纯追求获利而忽视了政治作风,这些缺点严重地障碍着他们在政治上和艺术上的进步"〔河北省文化局:《关于民间职业剧团登记管理工作的报告》(1955年5月6日)〕。对艺人进行各种形式的"教育"工作,几乎是从新政权一建立就已经展开。以婺剧界为例,1949年9月,金华、衢州各县按照新建制成立的文化馆的主要任务之一,就是组织婺剧艺人学习。但是仅仅有文化馆的干部还不够,由于新政权日益感觉到对艺人之教育、帮助、扶持、提高的重要性与困难程度,政府还相继向那些较有影响的戏班派驻干部。这些干部部分来自军队文工团。湖北省曾经召集两千多名文工团团员进行集训,后来他们部分被分派到各级文化部门,其余就分派到剧团。此外,一些当地的文化干部和地方上略通文墨又追求进步的中小学教师,也成为被选派进戏班的戏改干部。

有资料表明,"截至1950年12月,全国除老解放区及东北外,已有十七个省开展了这种学习,参加学习的一百余个剧种的艺人达三万人,合老区及东北共约五万人。其中,北京艺人讲习班已办三期,第二期达1521人。天津第二期也有1200余人。上海集中艺人学习过三次,南京两次,福州两次,徐州两次,无锡两次,华东区经过学习的艺人共约四千五百人。中南区学习过的艺人一万余人。西南区的重庆市有艺人783人,办过艺人学习会两期,参加者七百余人,接近艺人的全部"(张庚主编:《当代中国戏曲》,当代中国出版社1994年版,32—33页)。此时离全国解放只有一年。我们当然会感兴趣于文化部门组织艺人学习所希望达到的是什么目的,以及艺人们的"思想"经过学习之后将会如何"提高"。当时的文件告诉我们,"学习"的首要目的是要"消除老艺人对新社会的疑虑和抵触情绪"。这些足以给艺人带来心理阴影的事实,包括各地成立伊始的新政府各部门对戏剧演出的政策与态度、各地方政府对待戏班以及戏班所演出剧目空前严格以至于导致了诸多戏班无戏可演的限制与管理,尤其是向戏班派出的干部的所作所为,以及艺人生活、收入与演艺活动中发生的那些实实在在的变化。

虽然现在我们能够读到的几乎所有当代戏剧史著都告诉我们,解放前夕整个戏剧事业已经濒临崩溃,戏班艺人普遍陷于生活极度困难的局面,1949年以后的"戏改"使中国戏剧市场恢复了生机云云,然而坦率地说,我没有找到任何足以支持这种叙述的可靠材料,我所接触到的几乎所有地区的情况都与此截然不同。受到战乱的影响,20世纪40年代戏剧演出市场一直处于起伏不定的状况中,但即使是在这一时期,戏剧演出仍然可以有相当的规模,40年代末戏班的数量也比"戏改"后官方统计的数目——比如说1952年统计的2084个(其中含戏曲剧团1706个、文工团等255个),或者是1957年的2884个〔数据源于文化部计划财务司《中国文化文物统计年鉴(1999)》中的《全国艺术表演团体分剧种数》表格〕——

要多得多。以金华为例,1949年解放前夕仅仅在金华市内就有五个以上的戏班在经常性地演出,辖区内各地则有更多职业的和半职业的戏班,然而"戏改"和剧团登记之后,金华市内仅剩浙江婺剧团和金华县婺剧团,辖区内基本上每县只保留了一个剧团,大量戏班因为不符合艺术水平和机构设置等方面的严格要求而未获登记,这些未经登记的戏班均被遣散。诚然,幸运地通过登记的少数剧团的市场空间确实在短时期内得到大大拓展,然而在剧团数量急剧减少的境况下,无论如何不能期待整个戏剧演出市场和演艺行业会因此呈现繁荣景象;更何况这些仅存的剧团也很快因为种种原因陷入困境,这些原因我们将会在下面提及。

戏班登记既是改人这项重要活动得以成功实施的象征,同时又对留在戏班里的所有艺人形成巨大压力。有一个事实是无法忽略的,那就是无论地方政府还是派驻到戏班里的戏改干部,甚至包括负责戏剧领域的业务指导工作的各地文化局和文化馆的领导与业务人员,他们基本上不是戏剧业内人士,更直接地说,他们多数并不懂戏剧班社和演出市场上长期以来逐渐形成的那一整套制度与规律,然而他们却拥有"教育"和"改造"艺人的地位。无论是组织各地艺人学习时担负着教育、指导重任的文化干部,还是向那些较有影响的戏班中派驻的戏改干部,赋予他们面对戏班与艺人时无可怀疑的强势地位的原因,主要不是艺术、戏剧上的而是政治上的,而源于他们作为新政权的代表拥有的政治和意识形态上的合法性。这种合法性包含了代表着新社会之象征的一整套制度、观念与价值，而在这套新的制度、观念与价值面前，中国古老的戏剧行业千百年来所形成的、为艺人们熟稔的那一套行业规范，却失去了所有支撑，更无法回答艺人在新社会如何自处这个关键问题。历史地看，我们可以清晰地看到，那些以政府/穷人代言人的角色进入戏班的干部，在艺人面前无疑具有相当大的威权，他们带给戏班的是一种迥异于千百年来戏班艺人们习惯的观念与意识，而与之相对的戏班以及艺人们，除了自己熟知的那些已经被宣告为即将被新时代淘汰的"落后思想"的传统以及习俗以外，却没有任何理论资源可资运用。以这样无助的心境面对戏改干部，他们除了顺从以外几乎完全无所作为。

艺人的弱势地位还包括更多原因。我在20世纪50年代初剧团登记的原始材料中很偶然地发现了一个令人玩味的现象，那就是戏班里中年以上的艺人，有相当一部分存在着各种各样的"历史问题"。由于戏班在社会结构中所处的边缘地位，难免会有相当多身份复杂的人混迹其中，而战争以及社会的急剧变迁，更增加了一些出于避祸之类目的而进入戏班的成员。更何况即使是最洁身自好的艺人，在长期的演艺生涯中也很难避免与当时政府要人的交往，而这样的交往在后来的年代里也是必须"讲清楚"的历史斑痕。在50年代那种个人很容易因"历史问题"而遭受严厉惩处的时代，他们自然会更趋向于以积极主动地向新政府靠拢的姿态，更自觉地去歌颂"新社会带来的好生活"，以尽快获得信任。

然而，文化馆以及由政府派至戏班的干部在理论上的强势地位还不是艺人们必须面对的全部。事实上同样强大的威胁还来自戏班内部。就戏改初期而言，出于利益的和其他更复杂的原因，正像在广大的农村地区社会秩序发生的巨变一样，戏班内那些原来处于弱势地位的学徒、底包和杂工等，更为"新社会"的来临感到欢欣鼓舞，他们显然是一股更愿意接受新思想和新价值观的力量，更容易成为戏改干部们利用和依赖的对象。在一个以自然状态存在的戏班里，他们因为缺乏专业技能而无足轻重，无论是在艺术领域还是在戏班经营的其他方面几乎没有任何发言权，不仅所得报酬微薄而且时时有被遣散的可能。但是戏改给他们创造了机遇，只要尽快接受那些对于他们非常有利的新思想，就有可能改变此前在知名艺人面前的卑微地位，对于任何人这都是一种难以抵御的诱惑。任何一种思想——无论新旧——总是对那些会因此获益的人们最具吸引力，戏改所提倡的新的价值观因之必然引起戏班里的下层演艺人员更强烈的反应。实际情况正是如此，20世纪50年代初改制后的许多剧团，都是这些学徒、底包和杂工"觉悟"提高较快，因而得到了更多信任而被任命为领导或者进入了领导层，借时势变迁终于得到机会发出自己的声音。在这里我们看到在戏改的"改人"过程中，艺人们除了受到来自外部的主流意识形态的压力，戏班内部发生的话语权的置换也非常关键。在这个置换过程中，艺术水平的高下突然成为次要的因素，相反，由于以艺术为轴心的旧价值被彻底颠覆，曾经在戏班乃至在戏班常年演出的地区声名卓著的名艺人，他们的地位受到了挑战，并且越来越显自卑。

但所有这些都不是徐汝英晚年回忆中的焦点。她总是幽幽地感慨，说她一生中最大的遗憾是"戏没有演够"。徐汝英的遗憾一方面是因为她以前在戏班里擅演的许多剧目，在新组建的剧团里不再得宠，因此那些当年令她在观众中获得盛名的辉煌业绩渐渐成为历史；但更重要的原因是演艺人员在观众中的影响、他们的市场号召力不再是决定其声望与地位的关键，新政府可以根据自己的需要，迅速培养一批更具忠诚度的新人。比如说浙江婺剧团招收了一批新学员，而这些年轻演员在很短的时间里就起而代替了上一代戏改前就已经成名的"老"艺人，成为剧团最受宠的主角。在20世纪50年代，各地戏剧领域新的格局的形成，是与一大批年轻艺术骨干的迅速成长分不开的，新人被吸收到已经被纳入政府体制的剧团，地方政府与剧团领导很自然会觉得应该想方设法培养这批青年演员使之尽快成材，于是就尽可能地创造机会让这些年轻演员上场担任主角，让这些"新中国"自己培养的艺术人才"占领舞台"。如此一来，相当多正处于艺术创作巅峰状态的优秀演艺人才不得不过早地退出了舞台中心位置，在某种意义上，这也正是50年代以后戏剧艺术的整体水平急剧下降的重要原因之一。

"改人"改变了金华、衢州一带婺剧艺人的内部秩序，曾经如此受人追捧的徐汝英开始从中心向边缘滑落。五十年后回头重新看待中国戏剧领域发生的变化，我们不得不努力拂去遮蔽在历史表层的重重迷雾，重建当时的特殊语境。如此我们才能发现徐汝英这样一代知名演员身份地位的变化并不是一件小事，而且无论是动机还是结局都不像她们当时所想象的那样简单明了。

1949年以后，被派驻到戏班里的戏改干部一般会按照农村土改的那种既定模式，首先发动艺人，尤其是在戏班里地位较低的下层艺人及杂工们诉苦，以唤起他们作为受迫害者的复仇情绪；如同土改那样，戏班里的经济模式被干部们按照新的分配观重新叙述，戏班财产拥有者所获得的收入被解释为对艺人在舞台上所付出的劳动成果的无偿剥夺，艺人们之间收入的明显差距，尤其是配角相对于主角收入差距极大的状况，也被解释为只有"旧社会"才会存在的剥削与压迫。

按照新社会的价值观，这种社会分配不公充分体现出旧社会人与人之间的不平等，为了彻底改变这种被认为是充满剥削压迫的制度，戏改伊始，各地普遍采取了一系列措施。首先是将原来由班主私人拥有的戏班，改造成由艺人们共同拥有的戏班。这样一来，戏班班主置办的戏装、乐器等财产实际上等于无偿地改属戏班内所有艺人，这类新戏班称为"共和班"。全国各地除了很少几个戏班（如梅兰芳领衔的梅剧团）出于统战的需要被特许保留班主制以外，都在很短时期内完成了这一改制过程。当然，和同时期的土改相比，戏班的改制过程相对比较温和，许多老戏班的班主顺水推舟成了改制后的新剧团的团长，"大荣春"的班主徐东福就是一个例子。他虽然在名义上损失了戏箱却仍然能保有对戏班的控制权，虽然再也不能依赖于多年置办的戏班财产获得一份相对稳定的收益，仍有机会作为剧团管理人并且因其对表演剧目和市场运作的经验获得薪酬。想不到为了改变那种被认为是让底层艺人受剥削压迫的分配制度，新成立的"共和班"收入分配采取民主评议的方式决定，由全体演职员决定每个演职员的收入比例，这一措施反倒对戏班的运营产生更大的冲击。1950年河南一位戏改干部在参加全国戏曲工作会议时检讨了当时采取的上述措施，认为戏改中存在许多问题，其中主要是"表现在制度改革的急于求成，机械地搬用了土改中的一套，有人把经理名角看成地富，把底包看成贫雇农，发动底包说理、诉苦，向经理名角斗争，强迫把经理班改造成共和班。用'民主评议'方法去定分股的高低，引起名角分钱少不安心。虽曾提出'要在照顾底包的基础上适当照顾名角'，但没做到，因之又有了除分股外，又干抽多少票或多少钱的制度。这就是对'民主评议'的修正"（河南代表周奇之在全国戏曲工作会议上的发言）。这样的修正之所以必要，是由于在简单化的平等观念支配下，通过"民主评议"的方法，在以一人一票的形式决定戏班收入的分配比例，注定会导致知名演职员的收入相对下降，而像戏班这种几乎全部依赖于名角的号召力赢利的表演团体，表面上的、简单化的平等实际上只会趋于更本质性的不平等，因为它必然使优秀演职员所创造的市场价值与其收入之间出现明显距离，无异于底包对名角的剥夺。新出现的不平等直接影响了名艺人的情绪，后果也就可想而知。

戏班在演出市场中自然形成的那些历史悠久的传统遭到的破坏，让我们看到了后来将在农村地区普遍实施的"大锅饭"制度的预演。应该指出的一点是，早在1951年前后，这种貌似更公平的分配制度对戏班经营带来的恶果就已经普遍呈现，如同河南那位戏改干部所说，各地都不得不通过种种方法对之做出必要的矫正，以维持戏剧演出市场最低限度的发展。然而在20世纪50年代初那样一个狂热的时代，以诸如戏班和演员的生计以及保证民众的娱乐需求等理由为旧的戏班体制与分配模式的合理性辩护，实在缺乏起码的说服力；而推翻旧制度，领导艺人尤其是底层艺人走翻身解放之路的迫切而高尚的愿望，则有着无可对抗的雄厚的理论支撑。于是，偏重于充分体现表演艺术水平高下而有利于戏剧艺术发展的看似不平等的分配模式，总是不断让位于偏重于体现曾经备受压迫的弱势群体翻身愿望的分配模式，而采取何种分配方式，始终是戏班/剧团以及戏剧表演艺术兴衰的强大杠杆。无论戏改以及新政府的戏剧政策中包含多少激动人心的理想，最终总是会触及戏班/剧团运营过程中这样一个敏感而又关键的问题——分配,并且因为对这一问题的不同回答方式,而直接导致截然不同的结果。

戏改对艺人影响的复杂性,以及艺人身份地位变化带来影响的复杂性,要远远超出我们的想象。有关"翻身"的历史叙述是我们耳熟能详的。由于心怀翻身的感激,20世纪50年代初的戏剧艺人们主动接近与靠拢新政府确实是屡见不鲜的常态,但我们不难逐渐发现背后的蹊跷,原来那么真切地体会到"翻身"感受的艺人很快发生了分化,其中至少是那些曾经风光的优秀艺人会越来越明晰地意识到自己在某种意义上成了这场革命或改造的牺牲品。而且事实上受到影响的又何止于大小名角,随着代表了这门艺术之水平、作为它的"四梁八柱"并因之决定了这个行业兴衰的优秀艺人的积极性与创造性受到抑制,一般演职员的未来也就可想而知。

确实,1949年以后艺人的社会地位大大提高了,但是如果要简单地说他们就因此翻身做了主人,还有许多可质疑之处。比如说,戏剧演艺行业在社会上一直有很大的自由度,历史上艺人习惯于在不同地区以及不同的戏班间流动,从经济学的角度讲,这种自由流动的可能给戏班老板构成了无形的压力,迫使戏班不得不向艺人们支付与他们为戏班创造的商业价值相当或基本相当的薪酬,使艺人足以在技艺与收益之间达到均衡状态。然而,翻身做了主人之后的艺人却再也没有选择在哪里唱戏以及在哪个戏班唱戏的权力,他们都被固定在一个剧团内,演员在剧团之间的流动,尤其是主要演员的流动,一直受到严格的限制。〔20世纪50—60年代文化部门多次颁布限制艺人流动的政府文件,除东北、华北地区普遍颁布了禁止"挖角"的文件,文化部也下发了关于加强流动演员领导管理、坚决制止挖角行为的通知,参见《山西省戏曲剧团社会主义协作公约》(1958年9月7日),《中国戏曲志·山西卷》,文化艺术出版社1990年版,778—779页〕也正是由于陷于这样一个无法流动的格局中,艺人的薪酬完全可以不再由他们的技艺能力决定,更重要的是他们失去了在感觉其收益与自己创造的价值不均衡时"用脚投票"的权利,失去了用以争取自己合法权益的最强有力的手段,在丧失了对自己的支配权的同时也丧失了对戏剧/剧团的选择权。

戏改以后,剧团、艺人与社会之间的关系,同样经历了巨大变化。戏剧演出行业在社会上一直颇具争议,历史上针对艺人形成的种种歧视性的不成文法对他们乃至整个戏剧行业的压抑是不言而喻的,所以我们不难理解一直位于社会底层的艺人1949年以后是如此真实地体会到社会地位提高的喜悦与兴奋,但实际的社会发展进程并不像事先设计得那样简单。无论是工商、税务、公安、教育、新闻还是文化部门的干部,都有权干涉戏班的演出。因此,虽然在名义上艺人们成了新社会的主人,作为艺术家而受到尊敬,他们的优秀代表作为社会贤达而获得了此前从未有过的显赫地位,但是具体到一个地区、一个剧团和具体的事件时,那种表面上的光环并不能真正解决问题。按照

《人民日报》1952年的一篇社论所说，确实有相当多地区的戏改干部"不是把戏曲艺人当成劳动人民的一部分，当成祖国戏曲艺术遗产的保存者和继承者；对于全国戏曲艺人三年来政治觉悟与爱国热情的显著提高，也完全加以忽视，而单纯强调其落后的一面，不是诚恳地、耐心地帮助他们进步，而是对他们采取了轻视的态度，甚至像旧的统治者那样地压迫他们"（《正确地对待祖国的戏曲遗产》，《人民日报》1952年11月16日社论）。戏剧艺人之所以一直背负"落后"的恶谥，是由于哪怕进入了新社会他们也仍然需要以戏谋生，戏班并不能真正依赖宣传新社会的宏伟理想而赢利，因此绝大多数戏班不得不遵从一般观众的审美趣味，大量演唱与新社会的意识形态格格不入的传统剧目。谋生的需求在新社会的干部眼里已经流于庸俗一路，更何况演唱颂扬帝王将相、才子佳人与封建伦理纲常的"旧戏"，艺人们这样的思想境界普遍不见容于新社会，自是可以想见。然而要让艺人们"进步"到摧毁自己生存之根本，这样的"进步"实在太难为他们。更何况即使戏剧艺人真正按照戏改的标准"进步"了，毕竟他们也只不过"进步"成了政府的宣传工具，而且是使用方法与使用区域受到严格限制的工具，当家做主的感觉始终也就只能停留在一个非常抽象的层面。

当然我们还是不能忽视这种抽象的主人翁意识，因为它在促使当年诸多艺人们积极主动地参与戏改的过程中起着特别关键的作用，尽管这种积极主动的背后包含了复杂的动机。回到50年代初，这样的历史现象实在值得深思，曾经有那么多知名艺人至少是在公开场合表达对戏改的衷心拥戴，并且程度不同地参与到对传统戏剧现存秩序的彻底改造中，我们甚至还会看到从梅兰芳到徐汝英这样整整一代知名艺人"自愿减少薪金"的奇怪现象（比如中南京剧工作团的高百岁、陈鹤峰自动要求把薪金降低到过去的十分之一，见《当代中国戏曲》34—35页；上海的李少春、袁雪芬等则要求取消保留工资及降低工资级别，《新文化报》为此发表社论《立志作一个普通劳动者》，见《新文化报》1958年10月26日），而即使从最简单粗浅的层面看，戏改的政策导向之不利于艺人，尤其是不利于名艺人也非常之显然。因此值得反思的是被称之为"翻身"的这种兴奋与冲动是否确实有那么大的魔力，能令一代正当红的知名艺人自贬身价？

只要拉开视野就会看到，在20世纪的整个国际共运中，类似的现象实在是屡见不鲜、不胜枚举。在时势与社会的动荡变迁过程中，那些具有理想主义精神、勇于为社会进步与发展承担自我牺牲的社会精英做出的不可思议的选择经常带来无法挽回的灾难，而相反，那些被视为群氓、只贪图眼前的蝇头小利的芸芸众生，反而成为令社会回归理性的健康力量。每次社会重归理性状态，总是由于人作为普通人的那些最自然的需求与愿望得到了更多尊重，比如说戏剧的价值从理想主义、纯艺术或者高深的哲理层面退回到娱乐，而戏剧艺人重新把赚钱养家糊口当作比担任意识形态宣传机器或者"思考人生"更优先的选择，人以更像人的方式生活，追求一些更实在的东西。伪理想主义的道德泡沫破灭之后，现实的人与本真的人性终于浮出水面，回到被"改"之前的原初状态，历史走过的却不只是简单的循环。

我曾访问过从20世纪50年代以来一直在湖北省文化局戏剧科担任戏改干部的王俊，她的一段话给我留下深刻印象。她感慨良多地说：戏改干部好像从来就没有正确过，总是在犯错误，因此老是需要上级不停地来"纠偏"。王俊的感受一方面尖锐地指出了此前数十年里戏剧政策动摇不定的事实，同时更令我们思考在这样的动摇不定的背后，究竟存在哪些因素的角力。几十年改人的历史进程越来越清晰地体现出新政权奉行的意识形态内涵与戏班、艺人、观众现实的需求之间，与中国戏剧内在的运行规律之间强烈的冲突。可惜在20世纪50年代以后的几十年里，中国的艺术语境一直是孕育狂热的理想主义的肥沃土壤，每次短暂的"纠偏"过后，那种颇具摧毁性的道德理想主义又能找到新的形式卷土重来，于是又需要新一轮"纠偏"。从历史的角度看我们庆幸还有经常性的"纠偏"，然而身居其中的艺人们在不间断的改造中遭受的心灵伤害又何以弥补？诚如凌忠介公《赋得薄命词》之叹："伤心拍遍无人会，个是杨家旧阿环。"

（原载《上海文学》2002年第10期）

辑二 "身体"的彷徨

戏剧命运与传统面面观

王仁杰曾将他的剧本集命名为"三畏斋剧稿",暗寓敬畏传统之心。抽象地看,一个从事有着传统一脉源远流长的中国戏剧创作的剧作家,尤其是像王仁杰这样一位长于以韵文创作梨园戏的剧作家,心存对传统的敬畏之心,实为文化之必然;但王仁杰仍然显得像一个异数,因为他生活与创作的时代,并不能天然地培养出敬畏传统的文化立场。回顾晚近几十年的中国戏剧发展史,当代戏剧乃至于当代文化艺术与传统的关系,实有进行理性清理的必要,而留存在我们民族集体记忆中的传统究竟还剩下什么,更是关系到未来民族的生存发展,同样也就关系到中国戏剧的生存与发展。

一、传统的三个层面:政统、道统、文统

传统是一个复杂的整体,当我们讨论当代戏剧如何处理与传统的关系时,不仅需要考虑到戏剧本身的历史传统以及与戏剧最为相关的艺术整体上的发展演进过程,还需

要从更大的背景加以梳理。恰如王仁杰"瓦舍勾栏不再，关马宏篇犹存"之说，诸多物质层面上的遗存或许可能毁灭，而一个民族的完整，更重要的是那些超越物质化人类活动足迹的精神创造物的传承。当然，这也正是我们平常所称的"传统"，它有着非常复杂的内涵，比如说，我们至少可以将使民族与国家得以绵延的所谓"传统"分成三个重要的、互为关联又可以分离的层面，并可以将之粗略地命名为政统、道统与文统。一个民族、一个国家、一个文化圈的传统，在很大程度上都可以理解为政统、道统与文统三者合一的整体，这个整体，是一个完整的三元结构。

从这个意义上理解晚近几十年戏剧生存于其中的社会背景，我们可以发现，传统在近些年里的遭遇非常耐人寻味。

从政统的角度看，1949年建立的中华人民共和国政权与此前的多数政权最为本质的区别，在于它并不自视为夏商周、秦汉、唐宋元明清以来历朝历代当政者的自然继承人——虽然这事实上是中国历史上唯一的、真正意义上的政统，并不认为1949年建立的新政权是以往历朝历代政权的自然延续。相反，根据一种新的社会学理论，新中国建立的政权坚持认为它是陈胜吴广、黄巢、梁山好汉和太平天国以及义和团的事业的继承人；从道统的角度看，在1949年取得执政地位的共产党与此前的历朝历代的统治集团最为本质的区别，在于它将马克思列宁主义为其奉行的精神原则，希望以这一信仰作为社会秩序最重要的精神支柱,而不是在中国这块土地上已经为人们信奉了两千年的儒家、道家、引进后经过了中国化的佛教思想以及与它们有着内在契合的民间信仰。不仅如此,这个新的执政团队还不断发起一场又一场政治与思想文化运动,以马克思主义为基础对中国几千年来儒、道、佛与民间信仰互补构成的道统展开激烈批判,试图用西方引入的马克思列宁主义完全取代本土的精神信仰与伦理道德原则。

所谓"文统"的问题比较复杂,它既可指称一个民族与国家的文学艺术传统,同时也可指称在一种社会公认的制度下被用以为教育核心资源的经典,因为经典的认定对于传统的延续以及走向有着莫大的作用,一代又一代人长期接受那些人们公认的经典作品熏陶培养而成长,恰是传统延续最为有效的手段——恰好,在中国历史上最普遍被人们接受的教育资源就是那些优秀的文学艺术作品,文、史相通,经史子集互相包容,因此在中国,"文统"的指称就只有一个。诚然,如果从文统这个层面上看,1949年成立的新政权以及它的领导人,并没有像他们对待使这个民族与国家得以延续的政统与道统那样刻意制造出一种无须质疑的明显断裂;中国的文学艺术及学术传统在新中国初生的年代里,还没有像政统与道统那样受到彻底颠覆,至少是包括《诗经》和唐诗宋词元曲文人画在内的大量经典,其艺术价值仍然得到基本的肯定,也仍然是小学到大学的文学教材的主要内容。具体到戏剧领域,1949年前后各地纷纷出现的禁绝所有传统戏的极端措施,也很快受到高层的严厉批评。

于是我们就面临一种怪异的、从未经历过的局面,那就是政统、道统与文统的分离。宋元以来文人与民间共同创造的传统戏剧无论是情感内涵还是伦理道德取向,都是与当时社会共同营造的道统融为一体的,而且无不以对中国历史上政统无条件的肯定为前提,当它们突然要面对一个全新语境时,究竟将何以自处?

政统、道统与文统的分离对于这个时代传统艺术的生存延续是难以想象的背景。更不用说,20世纪50—60年代的二十多年里,经历一次又一次政治运动,我们生存的这个文化圈原有的政统与道统,遭受到的是越来越严厉的批判与清理,对于古代文学艺术经典尚存的几分宽容之心,也就越来越显得背离于时代。在这个意义上说,中国当代戏剧身处特殊境遇,它在延续传统方面的所有意念上的努力,都注定难以真正见诸实践。虽然长期以来我们读到的历史叙述,总是告诉我们新中国在戏剧领域如何"辩证地处理"了继承与发展之间的关系,然而一个非常显豁的事实就是,由于从宋元以来累积形成的戏剧传统,从整体上看,它的存在本身对于新中国建构其独特的政统与道统的意图,就是一股异己力量。简言之,正是由于以大量人们喜闻乐见的戏剧经典作品为载体之一的、历史形成的文统,与建构中的、新的政统与道统有着本质上的疏离,要想指望传统戏剧为当代社会所受容,本身就没有可能性。实际的情况也正是如此,从1949年甚至更早开始,包含在"推陈出新"这种表述之中的，包括"剔除其糟粕，汲取其精华"这两项内容在内的戏剧政策，足以让我们看到，这一传统不仅没有得到足够的尊敬，而且它的内涵与价值，始终被置于质疑的目光之下；更不用说在以后的日子里，它还需要不断面对越来越严酷的审视。

因此，当代戏剧与传统之间的关系并不像理论上那样容易处理，我们面临一个独特且窘迫的局面，使得戏剧家们要想处理好戏剧自身生存发展与延续传统这两种诉求之间的关系，其困难程度远远超出一般人的想象。而这也正是我们长期以来考察中国当代戏剧之生存状态时经常忽略的重要方面。

二、传统的双重意义："五四"以来的"新传统"

20世纪90年代以来，学术界（尤其是文艺界）提出了一个值得关注的观点：中国当代艺术可能接续的"传统"具有双重含义——除了通常意义上人们所理解的、意指从先秦到晚清期间无数艺术家创造的不朽经典构筑成的传统大厦以外，还有"五四"以来的"新传统"。假如说与这个"新传统"相对应的通常意义上的那个"传统"的存在及其具体的指称已经为人们所公认，那么，所谓"新传统"的内涵，还需要我们特别提出并讨论。

诚然，"传统"这个词可以做非常宽泛的理解。假如我们将任何已然存在的、对今天的艺术创作产生着实际影响的过往的艺术作品与创作均视为"传统",那么我们就不能不认同这一现象的存在——从当下的艺术现实而言,影响着我们的艺术创作的不仅有穿过先秦到晚清的悠久历史进程留存至今的那些重要的艺术作品,还有更多。其中最不能忽视的影响,就是如上所说的"五四"前后发端的新文化运动以来出现的追求现代性的艺术倾向。如勃兰兑斯在《十九世纪文学主流》所说,文学是一条不间断的河流;而自20世纪初以降,"五四"新文学早就已经不再仅仅是为这条河流增添活水的支流,新文学的出现,在很大程度上试图取代中国文学艺术原有的流向,甚至努力要成为这条河流新的主体。虽然在1949年以前,由新文学运动发端的这种努力是否已经取得成功,或者说究竟取得了多大程度上的成功,还有待于人们的重新评价,然而就如同我们所看到的那样,1949年以后,借助了非文学的政治力量,新文学至少是在名义上,确实在不同领域取得了前所未有的主导地位。

1949年以后受主流意识形态主导的艺术作品,近年里被研究者喻称为"红色艺术",然而,中国这类特殊的"红色艺术"真正的发端始于延安时代而并非"五四",它的前身主要是苏俄的"社会主义现实主义"艺术而并非欧美20世纪的现代主义。延安时代以后的几乎所有有关20世纪中国文学史与艺术史的叙述中,"红色艺术"均被解释成"五四"精神合法且唯一的继承人,不过,只要稍做认真的辨析就不难清楚地看到,1949年以后的中国艺术发展，与发端于"五四"的、标举民主与自由并且高度贴近与模仿欧美现代主义文化的新文学之间，虽然不能说完全绝缘，但无论思想还是艺术倾向都存在许多差异，甚至存在相当多极为本质的差异。沿着这条脉络，我们会发现，从延安时代开端，在1949年以后借助于高度集权的社会制度而在全社会取得了主导地位的"红色艺术"，对中国当下艺术创作的影响力，实际上远远超越了"五四"新文学。1978年后改革开放的时代，几乎所有门类都出现了一批有思想、有追求的艺术家，他们试图在反思"红色艺术"的前提下重新接续"五四"传统，这也部分说明了"红色艺术"与"五四"文学艺术之间的重大区别。当然，"五四"与"红色艺术"之间并非没有共通之处。简言之，无论是"五四"意义上的还是"红色艺术"意义上的"新传统"，都声言要与中华民族数千年的文化遗产保持明显的精神距离，在反叛先秦以来的悠久历史传统这一点上，它们的精神取向是共同的，具体地说，在对待传统戏剧的菲薄轻蔑的态度上，确是一脉相承。

假如我们确实能够认清"五四"与"红色艺术"之间的分野，就不得不承认，中国近二十多年的艺术发展所接续的传统，确实包含了这两个既在精神实质上的相异又在表面上似乎融为一体的分支，因此，当我们讨论当下中国艺术创作所需要面对与承接的传统，尤其是"新传统"时，需要厘清我们所继承的这个"新传统"的双重内涵，尤其是必须看到"红色艺术"传统的现实存在——它作为一种"传统"的有效性至少表现在下列方面：一种已然存在了三十年之久的文学艺术倾向，确实不能视为艺术史上的偶然现象，更何况它们是包括了目前从事艺术创作的多数艺术家在内的、超过两代人在成长过程中接受的艺术教育与熏陶的主要对象，至少从目前的情况看，这类"红色艺术"的创作还没有任何要自行消失的迹象。因此，它无论在何种意义上都有理由和有资格被称为一种新的"传统"。

在这个意义上说，尽管所谓"新传统"的内涵十分之复杂，它们的存在与影响却不能被忽视。只不过当我们谈论对传统的继承时，还必须看到，既然无论"五四"意义上的还是"红色艺术"意义上的"新传统"，都与中华民族数千年的文化遗产产生冲突，因此，我们恐怕很难兼顾这个"新传统"与真正意义上的民族文化传统，甚至很难找到包容两者的平衡点。这就意味着假如只涉及文人所承继的传统层面，那么，在很多场合，我们不得不在这个"新传统"与几千年来形成的民族文化传统之间选择，这样的选择，在很大程度上，是在我们从孩提时代开始就耳熟能详的反传统的艺术与悠久却与我们的审美体验实际关系并不那么密切的历史传统之间做的非此即彼的痛苦选择。假如我们真想让中国的艺术进程回归到与自己源远流长的民族历史相通的道路，那么我们也许不得不以理性压抑情感，回到陌生的过去。

更严重的问题在于，这样的选择已然无奈，现实状况却要比这无奈更多几倍。那就是由于"新传统"既离我们较近，它的惯性作用也就更为显明，兼之有政治制度和意识形态之助，并不会轻易地接受被弃的命运。它仍然会顽强存在着，同时，也仍然会成为我们民族古老传统传承的障碍。

三、传统的构成：大传统与小传统

如前所述，当我们细细分辨所谓"传统"的复杂内涵时，首先想到与主要涉及的，只是文人们所接续与承继的那层意义上的传统。文人以及由他们创造并传承的经典文献，确实是传统最有价值的载体，然而，一个民族的文化源流要比这更丰富、更充盈。20世纪50年代，美国人类学家罗伯特·雷德菲尔德在从事墨西哥乡村地区研究时开创性地提出了"大传统"与"小传统"这一对概念，并将它们用于当地的农民社会与文化的分析，意在揭示存在于复杂社会中的文化传统的不同层次。在他的著述中，所谓"大传统"指的是以都市为中心的上层士绅、知识分子所代表的文化；"小传统"则指散布在乡镇村落中的农民所代表的文化。继而，欧洲学者更通过对精英文化与大众文化的二元格局的分析，进一步指出大传统与小传统之间的关系，尤其是两者在传播上的非对称性。中国人类学者也将大、小传统概念运用于中国文化研究。台湾地区学者李亦园曾经将大传统、小传统与中国的雅文化、俗文化相对应，以此来分析中国文化。他认为来自儒家经典的哲学思维即所谓"大传统文化",来自民间的日常文化即所谓"小传统文化",两者都是构成整个中华文明的重要部分。大传统引导文化的长远方向,小传统则维系一般民众的日常生活,扮演着为大传统文化提供基本经验素材的角色。

假如我们接受这一理论框架,按照大、小传统并存的二元格局,恐怕需要为戏剧在传统文化中的角色重新定位。认真研判中国戏剧,应该说,它在历史上基本上属于小传统的范畴而非大传统范畴,当然,要真正确立这一判断,还需要更多的辨析。

如同我们所知道的那样,中国戏剧在它的起源时代,就具有显明的民间性,在都市里,它生存于平民们自由出入的商业性的勾栏瓦舍,在乡村,它与以宗族和村落为单位的祭祀仪礼融为一体。它的经验材料、情感内涵与伦理价值均源于民间流传的说书讲史,源于历史叙述的民间文本而非官方化的或文人化的文本。诚然,戏剧进入经典行列的时间很早,至迟到元代的中后期,也就是戏剧在民间臻于成熟之后的一两个世纪内,元杂剧已经在一定程度上被文人接纳,而高则诚以后,南戏传奇的文学地位更得到普遍的承认。在这个意义上说,至少在明清两代,杂剧和传奇在整体上无疑是构成民族文化之大传统的重要部分。但需要加以界说的是,这样的结论仅当局限于讨论文字形式的剧本的文化地位时才是可以接受的,假如从戏剧本身的角度,尤其是戏剧作为一种舞台表演艺术的角度看,情况实有很多不同。

"案头"与"场上"的分野,最典型地体现出中国戏剧在文化属性上的两重性。宋元南戏中基本上没有得到文人认同的文本,少数几部留存至今的剧本,保持了明显的"场上本"的特征;元杂剧的"场上"形态我们现在还不够清楚,后来得到文人承认的杂剧,基本上是经过了文人加工整理的"案头"定本,只要对这些剧本略加分析就不难发现它们其实很难用以演出,或者更准确地说,它们并不是实际用于舞台演出的脚本。普遍认为传奇比起杂剧要更接近于场上演出本,而且,昆曲的演唱多严格按照传奇曲牌体的唱腔,但即使是在明清两代,在遍及城乡的绝大多数舞台上实际演出的戏剧作品,与后代文人们从剧本中所见的文本也可以有非常之大的差异。一方面,文人创作并不完全是为了场上演出,评价文人剧本创作的标准也不是舞台演出效果之优劣;另一方面,一般的戏班在演出时,经常不依据文人创作的剧本表演。无论是明清年间流行于各地的地方戏,还是被称为"草昆"的民间流传的昆腔戏,民间都罕见定腔定本的演出,而主要是演员可以任意加进许多"水词"的"路头戏"。换言之,在多数场合,戏剧舞台上实际上演着的作品都不是像后人从经典文本中所见的那种样子,所谓"案头"与"场上"的区别在中国戏剧史上是常态而不是异态。

当然,"场上"的演出文本与文人创作之间的分野,绝不止于是否包含有艺人随意加入的"水词",更在于这些民间化的演出文本,在其题材内容、叙述方式与伦理道德取向等所有方面,始终是由艺人的演出与观众的欣赏两者的互动决定的。从价值构架到表现形式,它们都更接近于民间广泛流传的稗官野史,因之与这些更平民化的民间叙述一同构成与文人的经典迥然有异的另一股文化之流。

因此,讨论中国戏剧与传统的关系,需要分辨我们的着眼点,从纯粹剧本文学角度的考量与从戏剧演出的角度考量,得出的结论会大相径庭。如果戏剧不仅仅是一些死的文学剧本,如果戏剧首先是活生生地呈现在剧场里和舞台上的演出,那么我们就不能不看到,虽然许多优秀的文学剧本已经成为以经典为载体的大传统不可分割的组成部分,然而,从作为中国戏剧之主体、使戏剧真正成其为戏剧的舞台演出角度看,中国戏剧的源流之更切近于小传统而非大传统,确是历史的事实。

只有看到这一点,才能更深切地体会当下中国戏剧与传统之间的距离。19世纪中叶以后的现代化进程,尤其是1949年以后,我们的文化传统整体上遭遇到重大危机,然而,如果说以经典为载体的大传统仍然在一定程度上为新社会所受容的话,长期处于自然状态的民间小传统存续的价值与意义却并没有得到同样的对待,或者竟可以说,晚近一百多年,尤其是近五十多年来,小传统受到的破坏甚至要超过大传统。在戏剧领域同样如此,19世纪末的"戏剧改良"就曾经明确指斥民间戏剧的粗陋鄙下,20世纪50年代的"戏改"不仅包含了意识形态层面上针对"旧社会"政治理念的清除,同时也包含了社会文化层面上文人价值观念对民间价值的隐性扫荡。以民间艺术中体现的价值与趣味为主要载体的小传统，在现代化进程中，尤其是在"戏改"中受到的冲击要远远大于以文学化的剧本为载体的经典。相对而言，经历现代性转型与"戏改"之后，戏剧的民间形态的生存要比它的经典形态的生存更缺少合法性，更缺少传承的支点。

正由于舞台表演意义上的中国戏剧一直是小传统的组成部分，它的精神内核是附着于小传统之上的，晚近一百多年，尤其是近数十年里中国民间社会的解体才会对戏剧的传承形成极大的威胁。当我们感慨于传统的断裂时，更需要虑及小传统的断裂远甚于大传统这一事实；如果局限于戏剧领域思考这一问题，还必须看到，小传统的断裂对戏剧生存与发展的影响恐怕更甚于大传统的断裂。这就意味着当下戏剧的生存发展需要更多地依赖于民间社会的秩序与价值的修复；进一步说，虽然不少人呼吁戏剧要"回到民间"，但对这个口号的含义，实有进一步讨论的必要——所谓"民间"，固然可以指称与过于政治化、过于贴近执政者的政治诉求的"庙堂"相对应的那层意义上的"民间"，同样值得重视甚至更需要重视的，还应该包括与文人们坚守的相对凝固的经典相对应的那层意义上的"民间"。

四、重建传统的困难与必要

中国当代戏剧与传统的关系遭遇实际的困难，始于

20世纪50年代初的戏曲改革。五十年来的戏剧发展实践,尤其是"文革"前十七年的戏剧发展实践,充分说明一个道理,什么时候传统得到善待,什么时候传统得到尊重,中国戏剧就呈现出兴旺景象。

纵观1949年以后的戏剧史,从战时体制进入和平时代之后,经历剧团登记的一个短时期,因为有了第一次全国戏曲汇演,相当一部分传统戏得到认可之后重新登上舞台,传统戏剧在解放初年受到普遍禁演的现象有所改变,戏剧行业才开始逐渐得以复苏。尤其是1955年到1957年的上半年的一段时间里,为了解决"演出剧目贫乏"和艺人生活困难两大相关问题,传统戏的价值受到普遍怀疑、各地大量禁戏或变相禁戏的现象受到批评,兼之中央先后两次召开剧目工作会议,重点就是为了解决开放剧目的问题,才使得传统戏有了相对此前更大的生存空间。虽然戏剧界仍然存在许多历史遗留的问题,然而更多传统戏重新获得上演的机会,无疑使剧团和演员的收入有了明显提高,这正是戏剧行业出现第一个繁荣时期的根本原因。随着"反右"运动的开展,1957年年初中央"开放所有禁戏"的决定在短短几个月里就遭到事实上的废止,戏剧行业又一次陷入困境,直到1961年中央再一次发出"发掘整理传统剧目"的通知,戏剧才又一次振兴,直到"批判鬼戏"。改革开放之初戏剧前所未有的繁荣景象,也是以大量此前遭到禁锢的传统戏重新登上舞台为标志的,新时期戏剧的复苏,最具决定性和标志性的现象,并不是像《于无声处》《杨开慧》之类新创作剧目的出现，恰恰是从《十五贯》到《梁祝》《红楼梦》这样一些传统戏重新被搬上舞台。

如果从这个意义上考察20世纪50年代以来中国戏剧面临的局面，我们就不难发现，戏剧与传统的关系始终是当代戏剧生存与发展的核心问题，而传统的断裂，更是当代戏剧屡屡陷入困境的关键原因。诚然，传统断裂并不是中华民族遭遇的特殊现象。在经济全球化的浪潮冲击下，几乎所有后发达国家都面临着传统断裂的威胁，但中国戏剧面临的问题之所以特殊，是由于在此前数十年时间里，传统承续的合法性几乎得不到任何群体的认可——无论是官方的、文人的还是民间的。如果说在1949年以前，虽然有一批激进知识分子厉声疾呼颠覆传统，以自然形态存在于民间的戏班因其与传统的共生关系，还能够算是传统的一块藏身之地，那么，1949年以后社会整体上的格局变易，尤其是民间戏班的体制因"戏改"而彻底成为政府所属的"事业单位"，它早就在很大程度上丧失了自己独立的精神空间。而这种民间独立精神空间的存在意义，几乎是当代中国戏剧最后的希望。同样，我们知道，诸多后发达国家面临的传统断裂现象，皆由于受到西方强势文化的冲击，但由于伴随经济全球化，多数后发达国家的政府与知识分子都以各种方式抵御，虽然效果并不一定十分理想，但是在那些场合，毕竟能看到对于文化传统断裂的警惕以及多元的社会价值观念，传统的生存与延续也就有了更多的可能性。但是在中国当代史上，对传统直逼其内核的质疑恰恰是由政府和知识分子共同发起的，因此它们非但不能起到日益强劲的西化趋势的制动器的作用，相反一直在为其推波助澜。改革开放以后的情况仍然如此，在社会转型期，"传统"越来越成为一个"反义词"。传统剧目受到的不仅仅是主流意识形态的挑战，还包括诸多全新的文化势力。

因此，在我们身处的语境里，传统文化遭遇的危机其严重性确乎前所未有，而且超越于一般的后发达国家，传统在我们生活中的存在越显稀薄，得以承传的希望也就更显微弱。然而正因为如此，传统的重要性也就凸显在我们面前。中国戏剧的未来，并不在于我们能创作多少新作，也不在于我们身处的时代能够为后人留下多少精品，而在于我们还剩下多少传统，以及仅存的这点传统能够得到多大程度上的继承，在于文化是否还有可能保持它作为一股不间断的河流的延续，在于我们是否还愿意并且能够重新自认为这份丰厚的文化遗产的合法继承人。

确实，我们对困难要有充分的评估。唯其如此，我们内心深处对于救赎的一丝希望，才不会系之于盲目乐观与空洞的幻想。文化是人为的，传统并不会自动延续。但既然文化是人类之所以为人类的根本，是民族之所以为民族的根本，更是戏剧之生存发展的根本，要想中国戏剧有未来，除了努力使传统得以延续，别无他途。

（原载《福建艺术》2004年第2期）

"先生"们的改革

如果说每个时代都有这个时代的话语徽章,那么,我们可以把"改革"看成是1978年以来的"新时期"最具时代气息的词。时代给予"改革"这个动词特殊的褒义,尤其是赋予它异常浓烈的宏大叙事色彩,而潮流裹挟不免泥沙俱下,各行各业的历史叙述也纷纷要求搭上这班顺风车,竞相把自己的故事说成是一部"改革史","贯穿着改革这条红线"。

梅兰芳的话题在戏剧界已经谈论了数十年,四十年前人们经常谈论的是梅兰芳如何"推陈出新",因为"推陈出新"是那个时代对一个艺术家最高的褒奖;有关梅兰芳在艺术创作中对京剧的不断"改革",则成为晚近梅兰芳研究中最为常见的关键词,无论是在纪念梅兰芳的重要活动上,还是在亲属、后人的回忆文章里,梅兰芳对于传统京剧的"改革"以及"改革精神",都是人们的重要话题,也是戏剧理论界对梅兰芳的艺术价值与贡献最主要的肯定方式。对梅兰芳的肯定,经常就是对他们的"改革"以及"改革精神"的肯定。

理论和历史纵然有其客观性，也难免暗藏了倡言者的学术利益。将梅兰芳誉为京剧的"改革家"，并不只是简单地回顾历史，对历史的重新叙述经常隐含着学者们的私心。戏剧表演是一项世代传承的事业，艺术传统得以代代传递，唯一可以依赖的就是一代又一代演员的身体。而每个人身体的差异是一种无可超越的现实，即使收徒授艺时经过严格挑选，世界上也找不到两个完全相同的肉身，依赖于身体传承的表演艺术，由此面对着永远的悖论。这就决定了任何一个演员——更不用说像梅兰芳这样伟大的表演艺术家——都必须根据自己的身体条件接受与传承艺术，决定了表演艺术的传承，即使是最严格意义上的传承也永远充满或大或小的变异，但是这样一些变异是否都可以且必须称之为"改革"，则多半是要看叙述者的理论背景与表达意图——对于那些强调艺术代际传承的核心价值的研究者而言，这些变异也可以读作固守传统的努力。因此，重要的并不是分辨梅兰芳表演艺术的精华以及他的艺术魅力之源究竟在于他的"改革"还是他的"继承"，重要的是需要从研究者的历史叙述的背后，看到一个时代的艺术观念。不过，假如具体到梅兰芳，还存在一个关键的历史事件，假如我们绕开这个历史事件，一般地讨论梅兰芳是不是一个京剧的"改革家"，分析梅兰芳的"改革"和"改革精神"，那我们可能很难真正理解当代京剧史上梅兰芳的存在，以及梅兰芳式的"改革"——如果我们不得不用这个词来描述梅的成就——与晚近半个世纪以来，包括80年代以来京剧界倡导和风行的"改革"之间的本质区别。

尽管可以有很多现象足以清晰地表征这里的区分,我还是愿意将梅兰芳有关"移步不换形"的谈论引出的一场风波,视为这一区分的标志性事件。这桩公案早就广为人知,风波的起因是梅兰芳1949年年底参加完全国政协会议之后路过天津时接受天津《进步日报》记者张颂甲采访,提及京剧改革时说道:"京剧改革又岂是一桩轻而易举的事!……我以为,京剧艺术的思想改造和技术改革最好不要混为一谈。后者在原则上应该让它保留下来,而前者也要经过充分的准备和慎重的考虑,再行修改,这样才不会发生错误。因为京剧是一种古典艺术,有几千年的传统,因此,我们修改起来,就更得慎重些。不然的话,就一定会生硬、勉强。""俗话说,'移步换形',今天的戏剧改革工作却要做到'移步'而不'换形'。"这场风波的结局同样是众所周知的,报道发表在1949年11月3日《进步日报》后,显然激怒了刚刚为全国戏剧改革制定了一个完备的方针,并且自然而然地成为这场改革领导者的北京戏剧界专家们,他们认为梅兰芳这个讲话实质上是"在宣扬改良主义的观点,与京剧革命的精神不相容",并且据称已经准备发表文章批判;这一消息显然是有意地由天津市文化局传递给梅兰芳,面对这一他始料未及的强烈反弹,梅兰芳不得不延宕在天津,直到1949年11月27日下午由天津市剧协专门召开一个"旧剧改革座谈会",梅兰芳重新修正了他的意见,他以变相检讨的方式说道:"关于剧本的内容和形式的问题,我在来天津之初,发表过'移步而不换形'的意见。后来,和田汉、阿英、阿甲、马少波诸先生研究的结果,觉得我那意见是不对的。我现在对这个问题的理解是,形式与内容不可分割,内容决定形式,'移步必然换形'。"(根据张颂甲回忆,这场座谈会记录同时发表于《进步日报》1949 年 11 月 30 日第一版和当天的《天津日报》第四版)他在这份变相检讨中婉转地提及的几位和他进行过"研究"的"先生",阿英是当时的天津市文化局局长,也是承担事件具体处理工作的文化官员,而其他几位,大约就是在北京对梅兰芳"移步不换形"的见解提出强烈批评意见的专家学者。

没有人知道梅兰芳为什么会在天津发表他那番引起轩然大波的谈话(我们唯一可以确定的是,它确实是梅兰芳自己的意思,而且,根据当事人张颂甲的回忆,风波初起,他因为采写了这篇给梅兰芳带来麻烦的文章深感不安,曾经提出由他发表一个为梅兰芳开脱的声明,表示谈话所述内容出于他的误解与杜撰,但是遭到梅的拒绝),我们这些后知后觉的研究者最多只能推测到这样的程度——梅兰芳根本不可能预料到他的谈话会引起如此强烈的反应。但是假如把这番话看成是他的无心之过,理解成他的口误,显然也不符合事实。在最低限度上,梅兰芳前脚刚刚跨出北京城,马上就在天津发表了他有关"移步不换形"的谈话,至少说明他在即将到来的戏剧大变革面前心存疑虑,但这种疑虑的背后,是不是恰恰体现了他作为一个艺术大师对于未来艺术道路上可能遇到的坎坷的敏感,以及他对戏剧界即将开始的"改革"的态度?

"移步不换形"的风波之所以耐人寻味,是由于这场风波及其结果昭示了京剧史上一个重要阶段的开端,从这时开始,京剧的道路不再由梅兰芳这样的京剧界艺人左右和决定。在此之前梅兰芳早已名满天下,如果他确实像后来人们所称颂的那样是一个"改革家",那么到1949年为止,他在京剧舞台上已经做过几十年"改革"努力,而无论这些改革成功抑或失败,无论有多少文人协助和参与了他的创作,至少在关乎怎样"改革"才适宜以及怎样改革才符合京剧的艺术原则之类问题上,他自始至终都有着无可置疑的话语权和决定权。然而,致使梅兰芳被迫以半公开检讨的方式收回有关"移步不换形"的观点的,是因为他在一步跨入"新社会"的同时就接获了一个明确无误的信号,这个信号再清晰不过地令他警醒——虽然梅兰芳等著名艺人破天荒地被邀请参加第一届全国政治协商会议,从一个艺人成为国家的最高决策机构成员,在政治上获得了以往的艺人们从未获得过的崇高地位,但是他需要为此付出代价——在他原本应该最有发言权的戏剧艺术领域,他的地位反而被颠覆了。从此以后,京剧应该以何种样式存在,戏剧应该怎样"改革",进而,在舞台上从应该演些什么直到应该怎样演的问题上,有了更具权威性和影响力的声音,这一声音源于"北京戏剧界的数位专家",就是那些来自梨园行之外的"戏剧"理论家和"戏改"领导者——值得特别注意的是这里所谓"戏剧界",显然并不包括以梅兰芳为代表的数十万以戏剧为生的艺人。这些人或许来自上海和重庆,或许来自延安,无论政治态度如何,他们都拥有一个相同的文化身份——"新文艺工作者"。

尽管后来的戏剧史刻意回避这个事件,事实上我们完全可以将这场风波看成是最终保证了20世纪50年代初的"戏改"得以顺利展开的历史性转折。正是由于经历了这样的转折,"戏改"才有可能最终由这批"新文艺工作者"主导,于是中国当代戏剧史就以这样的奇特方式展开了——从50年代初始,不仅戏剧"改革"的路线方针政策均不能由戏曲界的从业人员们也即艺人们决定,而且戏剧舞台上究竟应该演些什么样的剧目,甚至传统戏剧应该如何表演,都不再由艺人们决定;梅兰芳的经历只是一个开端,它所昭示的前景是艺人们在戏剧舞台上的主动权的完全丧失。一个与之非常相似的个案,是京剧界另一位翘楚程砚秋的遭遇,在全国第一次文代会上程砚秋满怀激情地给大会提交了五份书面提案,包括《改革平剧建言》和有关戏曲博物馆、国立剧院和国剧学校,等等。但他这些在今天看来仍然十分有价值的提案遭到了令人难堪的冷遇,后来他亲眼看到那些与他截然不同的、业已成为政府文化官员的"新文艺工作者"们主导的"戏改"渐次展开时,竟致愤懑地称"戏改局"为"戏宰局",满心希望要积极投身于"戏改"事业的程砚秋显然误会了自己的角色。诚然，在50年代的戏剧改革进程中，如何发挥艺人们的作用和调动他们的积极性的问题并不是完全没有被改革的主事者意识到，在这场改革中从文化部直到各地的文化官员们都曾经无数次地反复强调要尊重艺人，在"改戏"时甚至要求所有经过修改的戏必须经艺人同意后才能上演，但无论是梅兰芳这样具有全国性声誉的著名艺术家还是各地各剧种的"名、老艺人"，都面临着这样一个不得不接受的事实，即这场改革与其说是"他们"的改革，还不如说是"新文艺工作者"们主导下的"对"他们的改革；而艺人们始终只是那些来自延安和上海的"新文艺工作者"们"团结、教育、帮助、改造"的对象，田汉在1950年年底全国戏曲工作会议上的报告说得很明白——他引用毛泽东的话说是"我们的任务是联合一切可有的旧形式、旧艺人而帮助感化与改造他们，为了改造他们，就须先要团结他们"；引用周恩来对此的发挥是"我们应当尊重一切受群众爱好的旧艺人，尊重他们方能改造他们"。是的，假如在"戏改"中确实考虑到了要"尊重"与"团结"艺人，那也只是为了达到"改造"目的而采取的手段。至于引用这些讲话的田汉，当他在这里使用"我们"这个复数时，内涵是十分清楚的，正像他所说的"旧艺人"的内涵十分清楚一样。至少在50年代初的"戏改"运动里，这样两个群体泾渭分明，他们之间的强弱地位，也一目了然。

细读梅兰芳遭受的这场挫折将会有利于加深我们对

"戏改"的理解,从这里我们可以发现,对梅兰芳的这场斥责固然是由于他有关"移步不换形"这一更兼顾传统价值的意见,与改革主事者们希望在尽可能短的时间内完全颠覆传统戏剧的思想与艺术体系的激进见解相左,同时还有另一个不能回避的甚至是更具关键性的内在原因,那就是改革的主导权与话语权之争。如果忽略了这一角度,那么我们会很难理解何以"北京戏剧界的数位专家"对梅兰芳谈话的反应如此强烈,它远远超出了艺术层面上一般的观念之争,超出了学术的分歧异见。在这个意义上,我们可以将梅兰芳"移步不换形"的谈话,看成是以梅兰芳为代表的一代艺人因直觉到他们有可能完全丧失戏剧艺术领域的改革发展话语权而做出的反抗的尝试,就像程砚秋在第一次全国文代会上的建言一样,他用十分符合自己的性格与身份的口吻,婉转地索取在新的戏剧改革中参与和发言的权力。基于梅兰芳的性格,他只是消极地、委婉地希望改革更趋谨慎与更接近于选择循序渐进的模式,试图让他和以他为代表的艺人持以为生的传统价值得到更多存续的机会,而恰恰是在这一敏感问题上,他做出了"戏改"主导者们不能容忍的举动,提出了他们不能接受的要求,因为"新文艺工作者"们还没有做好让艺人们分享话语权的准备,也完全没有要将艺术改革的主导权让渡或部分让渡给艺人的打算。

但梅兰芳回应的态度与方式仍然是至关重要的,他的屈服并不能完全从他的个性上得到解释,事实上很多比梅兰芳性格更倔强、更刚烈的戏剧大师，在那个时代都选择了同样的屈服，这其中，包括马连良、盖叫天。我从事50年代初的"戏剧改革"研究十多年，一直在问自己一个问题，为什么全国上下那么多对传统戏剧所知甚少的"戏改干部"，竟然会觉得自己比那些绝艺在身、深受民众欢迎拥戴的知名艺术家们更懂戏剧甚至更懂戏剧应该如何表演，更知道戏剧应该如何存在如何发展，尤其是更知道怎样的戏才是"好戏"？是什么给了这些"戏改干部"如此的自信与力量？这个问题的另一面则是，为什么全国上下数以万计的戏班、数以十万计的艺人也逐渐地接受了"新文艺工作者"的强势地位，相信自己确实需要向"戏改干部"学习，他们会努力靠拢政府，至少在表面上踊跃参加学习班，积极主动地检讨自己以往道德观念与艺术思想中的错误与反动内容，是什么力量让他们这样不自觉地置身于一个全新的、对自己完全不利的价值格局里，并且推动着这种新格局的建立与稳固？是什么力量，使得以梅兰芳为代表的一代戏剧表演艺术大师，最终竟心甘情愿地臣服于那些不懂、至少是不太懂京剧的"新文艺工作者"？

无论如何，"戏改"都是一场对中国戏剧整体产生了难以估量影响的艺术运动，它的影响之所以如此有力，在短短的几年内得以波及全国，在相当大程度上改变了拥有上千年历史、广泛分布在有几亿民众居住的数百万平方公里范围内、有着两百多个剧种的中国戏剧，就在于它用一整套全新的艺术观念与价值标准置换了传统戏剧的观念与价值，而且它用这套单一的观念与价值，取代了中国戏剧广大地区和多剧种原有的丰富多元的观念与价值，这整套观念与价值并不是从中国戏剧的实际状况与历史进程中发展出来的，而完全源于外部。然而，同样重要甚至更为重要的原因，在于这一价值在中国的代言人们拥有将这一价值体系覆盖到整个中国戏剧领域的巨大力量，而中国社会以及戏剧剧团体制的彻底改变，为"戏改"提供了至关重要的制度上的保证，制度的更迭，给"田汉、阿英、阿甲、马少波诸先生"提供了迅速介入传统戏剧领域并且很快成为中国戏剧发展方向的决策者，尤其是成为它的唯一决策者的可能。决策者的变化以及这批唯一的决策者的出现，是以梅兰芳为代表的艺人们始料未及又无力抵御的，却也正是50年代初的中国戏剧界不得不接受艺术观念与价值标准翻天覆地的彻底改变的秘密所在。

但我们在历史的叙述中似乎看不到这样的变化以及变化中戏剧主导者的置换。在几乎所有公开的文献里我们会看到，在1949年以后的中国戏剧界，无论内心深处做何感想，无论表现形式是否真诚，包括梅兰芳、程砚秋、马连良在内的戏剧艺人都在积极而努力地参与戏剧改革运动，在此后的日子里，他们以及他们的戏迷和真诚的拥戴者们也总是反复强调和竭力申明他们不仅不是这场戏剧改革运动中消极的阻力，而且是与"田汉、阿英、阿甲、马少波诸先生"们并无二致的戏剧"改革家"。但事实的开端显然不是这样,在初遇"戏改"时,梅兰芳以及绝大多数艺人,即使没有用各种各样的方式表现出他们对于戏改的怀疑乃至于不满,充其量也只是在被动地接受这场改革运动,而恰恰是接下来的经历才具有决定性——他们渐渐认可了"戏改"以及发动与主导了这场戏剧运动的"新文艺工作者"们的权威,任由这场改革的主导者们将他们长期以来奉为圭臬且赖以生存的所有传统纲领与价值一点点抽空。读一读1951年马少波对周信芳先生的夸赞是极有必要的,在纪念周信芳舞台生活五十年座谈会上他高度肯定并热情表扬周信芳"进步明显":"思想、言论、工作作风,无一不是刻意严谨地以毛主席的思想、理论和中央的政策为准则,而研究发挥。从不标新立异,随便发表个人的见解。真是相当'干部化'了的,接触他的人,都有这样的感觉。"从这里我们还不能清楚地看到艺人们身上发生的变化吗?

因此,我并不想将50年代初的"戏改"描述成一个喝过洋墨水、至少间接地喝过洋墨水而在内心深处接受了迥异于传统戏剧的另一种艺术与政治道德观念的艺术家、戏剧家群体针对另一个深深浸润着传统戏剧精神的艺人群体的讨伐,尽管1949年底梅兰芳的遭遇里,不能说没有一点杀伐之气。我更相信那个"新文艺工作者"群体对于艺人们充满期待,从整体上说,他们即使对后者有"责之切"之言行,心理层面上的动机也多半是"爱之深"。"新文艺工作者"与艺人们的关系,在很大程度上可以看成历史上文人与艺人的关系在变化了的时代形成的一个变体。回顾历史,我们会发现文人与艺人之间的关系是如此之微妙,艺术是艺人们的职业,但是文人们却要成为艺术的主人,似乎他们才有资格为艺术制定法则。而且这两个群体是截然分离的,正像"新文艺工作者"与艺人是两个截然分明且互不归属的群体一样;即使在文人与艺人关系最为密切的元代,关汉卿这样的文人们即使在最落魄以致不得不受艺人接济的时候,内心深处也觉得自己比艺人高一个等级,支撑着他们心里这种优越感的当然就是全社会对于文化之价值的整体认同;但是这并不意味着他们会将艺人看成敌对的社会群体,相反,对艺人的歧视甚至蔑视,并不影响文人与艺人精诚合作,开创了中国历史上最辉煌的戏剧时代。19世纪末20世纪初以后的中国,情况发生了微妙的变化,熟谙经史子集精通诗词歌赋不再是被社会普遍尊崇的理由,西学渐渐取而代之(这里所谓西学当然包括马克思列宁主义以及从法国浪漫主义直到苏俄社会主义现实主义的艺术观),一批精通西学或者只是因趋时而粗通西学的新文艺工作者形成了一个文化意义上的强势群体,他们自信满满地以拯救者的姿态登上社会舞台,1911年和1949年两次社会大变局,为这个群体获得它的强势文化地位以有力支撑。而在1949年以后,"新文艺工作者"就已经完全取代了历史上"文人"的社会与文化地位,同时也承袭了这个词所暗含的社会与文化权柄,现在,只有"文艺工作者"才被看成"文人",或者用新的表达方式，叫作"文化人"。新时代的文人们有更大的权力，如果说此前文人与艺人的关系是松散的、文人对艺术的影响是个别的和偶然的，那么，经历了"戏改"，新时代的文人获得了全面为艺人们当家的制度保证，留给艺人的只有最后一小块领地，那就是他们所拥有的技术。

只有文人才有权决定艺术应该如何生存与发展，然而艺术的生存与发展最终还需要艺人演绎为现实。在福柯的意义上，"知识就是权力"，文人们垄断了有关艺术的知识，并且通过一整套有关艺术的新知识体系的建构，确立了他们在艺术领域里与艺人的权力关系，但是艺术与一般意义上的知性活动不同，那就是艺术还需要以技术为支柱。正因如此，经历了"移步不换形"的交锋并且大获全胜的"田汉、阿英、阿甲、马少波诸先生"们在以后的岁月里，仍然需要尽可能地利用梅兰芳、周信芳这样的知名艺术家对"戏改"的拥戴以及他们的艺术成就为"戏改"的合理性与必要性背书，试图以此证明"戏改"不仅是戏剧艺术繁荣发展的唯一方向，也是当年梅兰芳这样的表演艺术大师成名的不二路径。这样的结果肯定是梅兰芳始料未及的。但是我们确实看到了一个戏剧性的变化，无论是否心甘情愿，梅兰芳一旦接受了"戏剧界的数位专家们"的意见，同时通过这样的方式承认了他们拥有戏剧领域实际上的主导话语权这一现实，他就不再是被批判的对象，相反，他所拥有的表演艺术大师的位置在新的时代继续得到确认，经过这次洗礼之后的梅兰芳不仅保持了他在梨园行内的至尊地位，而且很快成为新成立的中国戏曲研究院的首任院长，至少在行政的意义上成为中国传统戏剧领域的掌门人，并且在新社会里为人们景仰；而最为吊诡的现象就是，在梅兰芳被实际上剥夺了"改革"的权利之后，他成了一位戏剧的"改革家"。然而，他再也不会发表类似于"移步不换形"这样的谈话，除了在技术的层面上，在讨论戏曲表演时可以自由发挥以外，在所有涉及戏剧发展的大政方针问题上，他的话与中央文件，与"新文艺工作者"们的立场观点，已经不再有什么区别。

这就是20世纪50年代初中国戏剧领域出现的新格局——文人们决定价值而艺人们提供技术。这样的戏剧在以后的年月里还在反复搬演——1964年以后的几年里，江青和她的盟友们成功地从那批主要来自上海滩的"新文艺工作者"们手中夺取了文化领导权，她和她的亲信于会泳等人成为戏剧领域的新掌舵，那个时代愿意趋时的艺人们则成为她创作"革命样板戏"的工具；1978年以后又一批初承欧风美雨的戏剧理论家在一场"戏剧观"大讨论中崛起，他们为中国戏剧描画了一幅"与世界接轨"的新蓝图，同样有无数知名的艺术家成为他们幻想的牺牲。所有这些戏剧领域的大变小异都被说成是"戏剧改革"，而所有这些"改革"，都没有给艺人们留下一点言说的空间。

历史总是在不断重复。但历史会永远悲剧性地重复吗？没有人能够给出断然否定的回答。即使有朝一日，艺人们终于有了足够的自信,他们终有机会成为艺术的主人,他们终于赢得了戏剧改革与发展的发言权甚至主导权,但真正令人感到困窘的是,经历了几代人"对"戏剧艺人的"改革",到那时还有没有真正意义上的艺人?

(原载《读书》2005年第12期)

身体对文学的反抗

京剧专业人士与爱好者们群聚的"咚咚锵"网站陆续发表了京剧表演艺术家李玉声先生以"京剧与刻画人物无关"为主题的十六条短信，引起网友们的热烈讨论。李玉声所提出的问题，于京剧的生存发展，进而于中国戏剧的生存与发展十分关键，兹事体大，不由得人们不关心。

在网友的讨论中，李玉声提出的问题被简约为"是表演艺术为人物服务，还是人物为表演艺术服务"。李先生之所以发起这场讨论，当然是由于他不满于前者，他要反其道而行之，选择和提倡后者。在讨论中，既有许多网友十分赞同，也有不少网友对此提出了不同意见。争论因此而起。

坦率地说，要谈学理，所谓"京剧演员要不要刻画人物"在很大程度上完全可以说是个伪问题。李玉声短信里说京剧演员"在舞台上表现的是自己的艺术，不是刻画人物"，说"《贵妃醉酒》只有梅兰芳的艺术，没有杨贵妃"，说京剧的最高境界同书法、绘画一样"只有表现作者个人，不存在刻画旁人"，这些观点从艺术理论的角度看是不可思议的。

说京剧艺术是演员的艺术,说京剧艺术的魅力主要在于演员的表演,倡导京剧舞台上的"演员中心论"以及强调京剧的所有艺术元素都应该以演员及其表演为核心,这些都是可以接受而且应该予以高度肯定的见解。然而,所有这些结论,无论它们多么正确,都不能推及短信中走向另一极端的表述,也就是说,强调演员和表演艺术的重要性,并不能因之否认京剧表演对人物形象刻画的合理性与重要性。我完全同意短信的意见,京剧之所以成为京剧,是由于京剧拥有人们常说的唱念做打和手眼身法步这"四功五法"等特殊表演手段,而不是由于京剧能够刻画人物——因为所有表演艺术都能够刻画人物,非独京剧。不过我也想指出,京剧之存在与流传以及令人痴迷,固然是由于几代京剧表演艺术家表演技法之高超,但他们的艺术成就,岂非正由于他们能超越单纯的技术手段,用京剧独特的表演手法深刻地、传神地、极其富于感染力地刻画了诸多戏剧人物?我们在舞台上看到戏剧化了的活生生的人物形象,并且因他们对人物的精彩表现而钦佩不已。

京剧表演需要特殊的技巧,观众在欣赏过程中可以离开对舞台人物的兴趣,纯粹从欣赏演员表演的角度喜爱京剧,甚至从纯技术的层面上欣赏演员的"玩意儿",这些都是实情。但京剧之所以成为京剧,并不仅仅由于技巧,否则它就成了杂技。京剧比起单纯展现超乎常人所能的技巧的杂技,文化内涵更丰富,也更具有情感价值,其因就在于京剧要通过各种特殊的表演手段传递戏情戏理，它不仅让观众欣赏演员表演的精妙，更通过这些技术手段，让观众体味人生，给观众以感动；京剧的技巧，包括"四功五法"，能够被化用到对戏剧人物的表现上，而且让观众觉得非如此不足以出神入化地表现人物。如果从这个角度看，李玉声的许多观点，尤其是他的表达方式并不能让人信服。

其实李先生所说的表演功法与刻画人物的关系，用京剧的语言，可以大致化约为"身上"和"心里"的关系，"身上有"和"心里有"之间的关系。说"大致"是因为京剧的表现手段不限于"身上"的动作，还包括演唱，比如传统戏《乌盆记》，扮演主角刘世昌的老生"身上"不动，人物的思想与情感就需要纯粹通过演唱技巧表达与传递给观众，这时如何处理演唱就成为关键，但是这种场合毕竟少见，而且在这种场合，演唱的声音仍然是演员的而不是人物的。为了直观与表达的简洁，我们且将这些演员的表现手段都称之为"身上"。

京剧演员在舞台上是表现人物的，但他又是依赖特殊的形体表演技法表现人物的，如果演员的动作做到了，身上"有"了，对于观众而言，他舞台表达的所有目标就已经实现了，因为不管他心里"有"还是"没有"，对于观众而言都没有什么区别；需要特别说明的是，无论演员的"心里"如何，观众所看到的永远只有演员的"身上"。也就是说，观众在台下看到的只是演员的外部形体动作，至于演员的内心，无论是他在想着什么，或者是他在代人物想些什么，这些观众都看不到，因此也可以说，对观众都没有任何意义。从这个意义上说，对于舞台表演而言，演员只要"身上有"就够了。

京剧表演的训练，所谓四功五法，就是训练"身上"的功夫，因为只有"身上"的功夫才是直接面对观众的，才是有戏剧意义的。因此可以说，京剧表演功法训练的目的，就是为了让演员掌握一系列外在的形体表现手法，让演员能够借助于这些动作，直接使得观众体会到戏剧人物的思想情感。经过训练形成了一系列身体记忆，也即有了这样一些基本功，即使演员并不了解人物的内心世界，并不了解人物的情感走向，也足以表现戏剧人物。七八岁的小孩演《回令》里的杨四郎，演《醉酒》里的杨玉环，小小年纪哪有可能去领会这些人物的内心？但是他透过四功五法，掌握了一整套舞台表现的技巧，同样足以传递这些复杂人物的复杂心理。中国戏曲几百年技术积累的成果就体现在这里，经过漫长的历史进程中几十代艺人的摸索与创造，那些最具表现力的手段渐渐积淀下来，成为戏曲的表演"程式"，正是这些程式，这些规定了演员如何通过"身上"的表演传递人物情感与内心世界的表演手段，才使得京剧演员即使"心里"没有，也足以演好戏，演好人物。

因此，正如李先生短信所言，在京剧表演领域，"身上"的玩意儿才是关键。固然，"心里有"不等于"身上有","身上有"也不等于"心里有"。但是，假如"心里有"而"身上"没有，对戏剧而言等于零；反之，假如"身上有"而"心里"没有，无论是对于观众还是对于演员，却仍然不失为戏剧和表演。

另一方面，"心里有"和"身上有"之间的关系，可能还要更复杂些。从表演艺术的角度看，从演员的修为以及进阶的角度看，恐怕任何一个优秀的演员都不能仅仅满足于"身上"的追求，我猜想，演员"心里有"对于"身上有"是有帮助的，有助于他寻找最有表现力的形体与身段，而且内心的感受对于舞台上用激情的力量感染观众更不可或缺。掌握了四功五法并且运用得体，即使"心里"没有，观众也能够透过演员的"身上"窥视人物内心，但是一位表演艺术大师，如果"心里有"，"身上"的表现与技法运用可能会更加得心应手，舞台表演会更具光彩和魅力。无论是在京剧表演领域，还是在其他艺术领域，真正的"化境"，恐怕都是指艺术家能够找到他这门艺术最精到的手段，最精妙地将他所欲表达的内涵传递给受众，在这里，"表现什么"和"怎么表现"相融无间，独特的表现和独特的内涵相融无间，同样也达到了技巧与感情的相融无间。这是"身上有"和"心里有"相得益彰的境界。

我相信，许多演员，或许是相当一部分演员，终其一生也没有体会到这样的境界，因此永远不可能成为伟大的表演艺术家。不过，即使我们知道艺术大师的表演远远不止于四功五法的单纯展现,还要能够深刻体察戏剧人物的内心,也仍然需要强调,这是对京剧表演艺术最高境界的要求,而不是对京剧表演的基础与底线的要求。希望任何一位京剧演员在舞台上时刻都去体会人物的内心世界,这是既不现实也不必要的;同样,就京剧演员的培养而言,就京剧演员创作新剧目而言,不从四功五法入手而仅仅从体会人物内心世界入手,也绝不是正确和有效的学习和创作方法。这就像我们常常说,靠模仿永远成不了表演艺术家,更成不了大师,然而这句话还需要另一种说法,那就是,如果不从模仿入手,那不仅仅成不了大师,就连"小师"也成不了。不掌握四功五法,那不是能不能成为一个表演艺术家的问题,而是连一个普通演员也成不了。

因此,京剧既是"身上"的艺术,也是"心里"的艺术。从演员的角度说,"身上有"是基础,"心里有"是进阶;用逻辑学的术语表达,"身上有",是成为京剧演员的必要条件,而"心里有",是京剧演员成为大师的充分条件。从观众的角度说,能够欣赏演员"身上"的功夫,那就叫会"看热闹"了,能够透过演员"身上"的玩意儿领会与分享演员的表演蕴含的戏剧人物的精神世界,那才叫"看门道"。所以,说观众欣赏京剧,只是欣赏演员的表演,欣赏演员身上的"玩意儿",那就把京剧演员的表演技法看小了,把四功五法的美学价值降低到了纯粹的技术层面,也把观众的审美情趣看小了,把观众对京剧的兴趣混同于看街头杂耍的兴趣。这当然不是对京剧完整的理解。

但我不是来和李先生辩论的。我们不能要求一位表演艺术家像戏剧理论家一样去追求理论表述的严密、自洽与完整性，比起表达的准确，更重要的是要读懂这些话的真实含义。我希望能够超越个别字句与观点的是非来讨论短信所表达的意思，希望能够读懂这些短信背后的潜台词，了解是些什么样的思想动机与情感力量，促使李先生写下这些激烈言辞，而它们之引起人们的关注并且激起如此强烈的反应，又是为什么。

要回答这个问题，就需要理解问题的背景，那就是说，有关戏曲要"刻画人物"这样的观点是哪些人提倡的，在什么场合下提倡的，它何以会让李先生如此深恶痛绝，觉得非严加驳斥不可。短信有明确的指称对象，它所针对的是一种非常之流行的有关表演以及有关京剧价值的新的表述。这种新的表述不仅仅强调艺术（包括京剧表演）最重要的价值在于人物形象的刻画，更进一步强调要将刻画人物作为艺术创作的核心，而且它并不止步于此，还要求艺术家时刻把理解与揭示人物内心世界当作艺术创作（包括表演艺术）的首要任务。

我想特别强调，这种理论表述是来自京剧界之外，来自梨园行之外的，根据这种理论衍生出的表演观念与京剧表演传统完全背离。因为这种表演理论占据了主导地位，因此京剧演员们赖以安身立命的四功五法忽然变得无足轻重，他们虽然拥有技术，却失去了评价与判断这门技术活做得怎样的标准与权力。由于这种理论数十年来在表演艺术领域通行无阻，数以十万计的、其中包括梅兰芳、周信芳这些大师在内的戏曲演员忽然意识到，他们哪怕把祖师爷留下的那些玩意儿学得再精当也不够，现在他们的表演要按照新的路数——要刻画人物；表演水平的高低要按新的标准来衡量——对人物内心世界的表现力；对他们表演的阐述与评价需要寻找新的语汇。

我一直不肯直言这种表演理论的称谓，其实我本不需要绕圈子的。同行们经常将这种表演理论说成是"话剧"表演模式。我不愿直言是由于我觉得用"话剧"来称呼这种表演模式并不准确，因为这里真正内在的分歧，并非源于戏曲与话剧的不同表演手法。

通常人们会以为注重塑造人物形象是话剧的优势，因此就将注重刻画人物视为话剧的特征。由于缺乏程式化手段，话剧在表现每个人物、每一行为举止时，只能直接从具体人物的心理层面寻找表现依据。这不是由于话剧比戏曲更注重人物，恰恰相反，当艺术家没有什么特殊手段时，他就只能依赖于对艺术最一般的理解。当演员没有特殊的技术手段用以表现人物内心世界时，表演就只能追求对日常生活表面上的肖似。比如说，当演员需要在舞台上表现戏剧人物的痛苦时，假如他并不掌握戏剧的、某个戏曲剧种所拥有的特殊表现语汇，他就只能按照他对现实世界中的人物表面化的观察结果那样直接地表现痛苦；但戏曲演员不是这样的，戏曲演员至少有二十种手段可以用以准确地表现人物痛苦的内心，于是在这里我们就看到了分歧——从表面上看，话剧要求演员去更深刻与真切地理解人物内心，去刻画人物；而戏曲演员根本就不需要太多地考虑什么人物的心理活动，他的所有程式化动作都充满了各种潜台词。

我怀疑是否真有这样的"戏剧"表演，它没有戏剧化的手段，因此不得不用初级的、原始的、毕肖原型的形体动作外在地直接模仿人们在日常生活中的行为举止，我怀疑倡导这样的表演的理论既不是京剧的也不是话剧的，甚至不是任何"剧"的，只是对戏剧表演的一种文学化的想象。我将这种表演理论——如果这也可以算一种表演理论——称之为"文学化"的，是由于文学的理解与表达和戏剧的理解与表达在本质上是不同的，两者之间的差异在于，戏剧的表演诉诸身体而文学的阐释诉诸语言。

人们频繁地提及戏曲，提及某个剧种或剧目从话剧里汲取了某些营养，或者说借鉴了某些"话剧手法"时，其含义是很暧昧的——话剧里究竟哪些"手法"是它所独有的，可以或者值得被戏曲所吸收？这些问题的答案都很接近，当几乎所有人都在人云亦云地说话剧的特点或影响时，其实无非是在说（至少是主要在说）对那些观念性内容的关注，对人物内心世界的观念性的分析与展现的关注，但所有这些，其实更接近于文学化的关注，是在用文学性替代戏剧自身的特性——这些关注和理解是基于语言而不是基于身体的。有无文学性并不是话剧与戏曲的分野所在。只是我们不得不承认，在中国戏剧的发展历程中，京剧的奇峰突起代表了一个表演艺术一枝独秀时代的来临，在这个时代，文学确实在某种程度上被忽视，文学的重要性也被京剧在表演艺术领域取得的成就所遮蔽。20世纪初以来，尤其是20世纪中叶以来，京剧正是因其在文学性上的缺失才屡遭非议。少数几位初通文学的"新文艺工作者"在一夜之间成为整个文化艺术领域的权威，由于将表演层面上的评判标准巧妙地撇在一边，他们就可以凭借着刚刚从欧美贩运来的入门级的文学理论，颐指气使地批评包括京剧在内的中国传统戏剧的粗鄙与浅陋（其实他们也是这样批评电影甚至批评音乐和美术的），而所谓"戏改"，如果局限于艺术领域看，很大程度上就是这批新文艺工作者们基于文学立场掀起的压迫表演艺术的运动。

这是一个文学霸权的时代。在这个时代，以语言为工具的文学阐释以及文学内涵被赋予至高无上的价值，而以身体为工具的表演艺术几乎成为可有可无的东西。这种文学霸权依靠一种轻视四功五法、轻视表演艺术独特价值的艺术观念的传播得以建立，所谓表现与刻画人物，被不懂、不尊重京剧自身规律与价值的理论家或者半瓶醋的导演们夸张地视为戏剧表现的核心内容甚至是全部内容。这些理论家或导演们一方面出于对身体表达的无知，另一方面有意无意地为张扬文学话语的权力，片面地、夸张地强调语言阐释的意义并贬低身体表达能力的重要性。基于这种语言表达先于身体表达的艺术观念,京剧的意义被文学化了,或者说,京剧所拥有的文学层面上的意义被单独地提取出来并置于社会学批评的放大镜下加以审视,而与此同时,表演所拥有的、在京剧发展历程中曾经被赋予了最核心价值的唱念做打等特殊的舞台手段的意义,则被轻飘飘地置于一旁。

因此,如果我们只看到20世纪50年代的"戏改"的意识形态色彩,就不能理解那个时代戏剧行业出现的翻天覆地的变化;因为除了意识形态的冲击,从单纯的文学立场出发对传统表演艺术提出各种苛求,正是新文艺工作者们借以摧毁戏曲演员艺术自信的主要武器。

几乎同样的事件,今天仍然在经常发生。近年当红的话剧导演频频应邀执导戏曲新作的现象,持续成为争议的焦点。优秀的话剧导演擅长营造宏大的舞台气氛,他们执导的剧目获奖概率高,剧团无法抗拒这样的吸引力;但是当人们以为话剧导演比一般的戏曲导演和戏曲演员更强调体察舞台人物的内心世界时,到底有什么根据?

答案要从一个特殊的角度寻找,那就是人们常常质疑的角度——这些话剧导演究竟能用怎样的"手法"执导戏曲?这些导演没有受过戏曲专业教育,可能完全不明白某个剧种的表演与音乐,更不了解戏曲演员在剧中某一场合可以采用何种舞台手段,既不知应该运用怎样的唱腔,也不知应该运用什么身段。当他们受命执导戏曲作品时,他们的"导演"工作究竟会包含哪些内容?他们是不是只能不择手段地去强调他们基于文学立场(而且只有极少数最优秀的导演偶尔才具有"戏剧"文学的立场)对剧本及其舞台呈现的理解?是的,因为这样的导演对作品只能拥有语言的阐释而无法想象身体的阐释,于是不得不以他们对戏剧作品的文学理解强加在戏曲演员身上,并要求戏曲演员按照这样的理解去表现——如果人物痛苦,他不是首先要求演员运用他熟知的那些足以表现人物痛苦的唱腔和身段,不是运用四功五法,而要首先去体会现实生活中的人们痛苦时挤眉弄眼的神情并且努力按照这样的方式在舞台上表演。于是,戏曲的表演传统以及那些精妙的表现手段成为话剧导演们护短与遮羞时的牺牲,一种蕴含了五千年文明积累和一千年技术积累的表演美学正在解体。

我想这就是李玉声先生如此痛恨"刻画人物"的根本原因。在这里,我们看到了一位对自己的专业有深厚感情的表演艺术家可贵的职业敏感与直觉,在这个意义上,他比起多数深谙戏剧理论的学者都要更痛切地感受到以"刻画人物"为中心的文学至上的戏剧观念对表演艺术的压迫,更痛切地感受到文学霸权的存在、它的蛮横无理,以及在这种霸权面前传统戏剧演员试图反抗时的无力。李玉声先生仍然是孤独的,除了在网友那里得到一部分支持以外,同行们鲜有表态。面对文学阐释的压力,并不是所有人都愿意挺身而出反抗这种压力,更准确地说,正是由于人们很少对这种压力的合法性提出质疑，或者人们只能在心里质疑却很难获得足够的理论勇气将这种质疑转化为一种新的理论表述，才使得文学霸权大行其道。

　　文学霸权是语言对身体的压迫。我把李玉声的十六条短信，读成身体对语言的反抗。这是京剧对文学的反抗，京剧表演艺术对文学霸权的反抗。

（原载《读书》2006年第4期）

挣扎在死亡线上的濒危剧种

一、标本：海陆丰的三个濒危剧种

1999年9月16日，10号台风刚刚掠过广东最富庶的珠江三角洲，我前往海陆丰拜访海丰文化局离休干部吕匹。在这个风雨交加的夜晚，从上演野台戏的祠堂回来后，吕先生打开他心爱的资料柜，取出五十年来精心收集的本地区三个地方剧种资料。

吕先生珍藏了海陆丰地区特有的正字戏、白字戏、西秦戏数百万字的历史资料，装订十分整齐。这批资料的主体，是20世纪50年代初由当时的老艺人口述，政府指派的"新文化人"记录的传统剧本；另外还有数部清代的演出剧目抄本，其中有完整的台本，有更多的单片（旧时戏班子排戏时，只给每个艺人抄录他所担任的角色的唱段台词，名为"单片"。往往只有戏班里"抱总讲"的先生才掌握全戏的总本，但是单片不完全是总本分角色的肢解，其中经常会加入演员的科范与表演心得，不乏特殊价值）。这些珍本藏在吕匹手里，是因为他正是50年代受命记录整理这些独一无二的戏剧文化遗产,并一手组建了三个稀有剧种正规剧团的政府文化干部。几十年以后的这天深夜,吕先生和我一起翻看这些发黄的旧纸,许多纸页被虫蛀成星星碎片,边角上一些字迹已经无法辨识,象征着再也经不起时间之神摧残的这些剧种的命运——正字、白字、西秦是海陆丰地区特有的剧种,其中正字戏和西秦戏都已经濒临灭绝,西秦戏只剩下最后一个剧团,今年它只演出过一场;正字戏虽然除一个国办剧团外,偶尔还会有一两个民营剧团上演传统剧目,但这些剧团能演的剧目已经很少,并且,在可以预见的几年之内,正字戏的艺人们可能都会改行;白字戏的情况也不容乐观,海丰最后一个国办白字戏剧团今年只演出了十来场。不需要几年时间,这三个有百年或者更长历史的剧种,将会从我们的文化中消失。

二、SOS:濒危剧种遍布全国

吕匹可能是对海陆丰地区三个小剧种怀有最深切感情的专家。在长达五十年的漫长时间里把自己的生命与这三个剧种连在一起的吕匹,一边向我展示他的珍藏,一面忐忑不安、心怀疑窦,深恐自己在世人眼里像个怪物。他那个装满稀世宝藏的柜子,已经许多年没有向别人开启过。

令人不安的是倍感孤独的吕匹其实并不孤独。吕匹不孤独是巨大的悲哀,这悲哀源于一个十分残酷的现实——

中国戏剧三百六十多个剧种里，有一多半像正字戏、西秦戏这样的稀有剧种，正在默默地收敛起过去的辉煌，或者已经消亡或者正在消亡。而许多像吕匹这样的老人，坐拥同样重要的稀有剧种珍贵资料，在人生的最后年华独自彷徨，面对这个时代不知所措，至多只能做一些无望的努力。而这努力之所以无望，正因为他们始终感受不到这种努力的价值以及世人的关注。

浙江东部的古老剧种宁海平调虽然目前还存在，但前景更扑朔迷离。说现年九十三岁的老人童子俊是这个剧种的精神支柱，并无任何夸张的成分。宁海平调是明末清初流传于浙东的调腔里的一支，清末民初曾经一度在江浙非常盛行，至20世纪40年代趋于没落；50年代剧种重建后几起几落，1983年它经历了最后的打击——最后一个宁海平调剧团解散，这个古老剧种就开始了它在民间自生自灭的流浪生涯。宁海县的退休教师童子俊从那时开始为平调的生存四处奔波，他以个人名义从海外募得一笔款子，终于在1988年创办了一个挂靠在县文化馆的"戏训班"，并在此基础上兴办了民营的"繁艺平调剧团"，十多年来倾其所有支撑这个剧团。由于有了这个剧团，以及有了极少的几个演员在极其困难的条件下承继了宁海平调特有的一些剧目和表演绝技，这个仅仅因为不能创收而无端被遗弃的剧种，才残留下最后一线生机。宁海平调最著名的保留剧目《金莲斩蛟》里，该剧种特有的表演绝技——耍牙——就在童子俊的资助和督促下赖一两个青年演员得以存留。但九十三岁的童子俊还能呵护宁海平调几年？离开了童子俊全身心的呵护，宁海平调还能不能继续保留那最后一星火种？

并不是所有濒临衰亡的稀有剧种，都有像吕匹、童子俊这样的文化英雄顽强地支撑它们的存在。让我们回头看看曾经流行于晋北，在河北、陕西的局部地区也曾有流传的稀有剧种"赛"（又称"赛赛"）的命运。陆游曾有诗云："到家更约西邻女，明日河桥看赛神。"正是说南宋年间在各地广泛流行的赛社；专家认为赛可能是在此基础上发展起来的，至迟在清中叶它已经相当盛行。赛有异于其他剧种之处在于艺人们都是世袭的"乐户"，因此演出班社均以家庭为单位；它有音乐、吟诵而无唱腔，场上表演时"有将无兵""有主角无龙套"，兵卒一类角色由一位类似于宋杂剧中的"竹竿子"的"引荐"担任。在演出体制与剧目等诸多方面都有其鲜明特点，极有研究价值。20世纪40年代末，晋北尚存七个家庭班和一个季节性班社，能上演一百二十多个剧目；到60年代，五台西天和赛班还存有四十多个剧本，可惜现在已经全部亡佚。这个历史不短的剧种，目前仅剩几位垂垂老矣的艺人还依稀能记得剧种的概貌，勉强能搬演戏中某些片段。

陕西的西府秦腔又如何呢？相传西府秦腔形成于明代，清代中叶进入全盛时期，当时仅关中西部十余个县就有一百多个戏班流动演出，有"四大班，八小班，七十二个馍馍班"之说。20世纪20年代起，该剧种逐渐呈现凋零景象，戏班纷纷改唱其他声腔；具有悠久历史的"四大班"，有三个在解放前夕散班，仅存的一个班社也在解放初改组；1956年政府组织一些老艺人进行的展览演出遂成为这个剧种的绝唱，至此它永远离开了我们的视野。

类似的现象数不胜数。中国的三百六十多个剧种分布在全国二十多个省区市，而稀有剧种面临绝境的现象同样也遍布全国各地。在我所接触到的几乎所有省份，都有数个类似西府秦腔这样的已经衰亡的剧种，像赛这样已经基本绝迹的剧种，以及像正字戏、西秦戏和宁海平调这样岌岌可危的剧种。据不完全统计，目前仅有六十至八十个剧种还能保持经常性的演出和较稳定的观众群，这就意味着只有四分之一到五分之一的剧种，目前还算活得正常；虽然从整体上看，戏剧的观众还是一个相当庞大的数字，但无可否认的事实是，多数剧种都在不同程度上陷入了困境。其中有上百个剧种，目前只剩最后一个剧团，仿佛只是为了象征性而存在，相当一部分早已不能演出，只剩下一块牌子；即使那些还能偶尔见到演出的剧种，也多在生死线上挣扎。

三、凝视：一部厚重的历史文本

在大量的濒危剧种里，除了像昆曲这样曾经盛极一时的大剧种以外，数量最多的是地方性的、往往只在一两个县的小范围内流行的小剧种。这些剧种情况并不相同，其文化含量与艺术价值也不能等量齐观。比如说某些20世纪50年代以后"人造"的剧种，既没有负载多少文化意蕴，从诞生之日起就没有为观众受容，它们的衰亡既是必然的，也不值得过于痛惜。

我们真正需要谈论的是在中国戏剧中占到三分之一的那些有较长历史与丰富文化内涵的古老的濒危剧种，它们不仅有足以充分体现地方文化特色的独特艺术手法，而且往往因为长期在一个相对封闭的地域内流传，与外界较少交流，而得以在中国戏剧整体不断流变的背景下，保存了古老的戏剧样式与形制，就像漫长的人类历史进程中偶尔留下的活化石，令我们得以一窥久远的戏剧面目，甚至在不经意间，就掀开了古代历史十分生活化的一角。福建的梨园戏许多演出剧目都与宋元南戏同名，情节内容也泰半相同，行当承袭以七大脚色构成的南戏旧规，音乐结构极似早期南戏，保持了宋元南戏一些重要体例；它特有的剧目《朱文走鬼》一折里有关茶饮的描写，是迄今有关宋代茶饮最直接也较为可靠的证据。明清年间的戏剧发展与社会生活于地方剧种里的痕迹就更为常见，明代四大声腔几乎都在地方剧种中有所存留，通过这些古老剧种的音乐唱腔和剧目，可以大大丰富我们的戏剧史知识；更重要的是这些古老剧种以及剧目、表演手法，为第一手资料十分缺乏，又无法找到可靠文物证据的近古时期民间社会结构、伦理道德与生活方式，提供了大量鲜活的材料。

而且，地方剧种都与地域文化密切相关。从音乐角度看，中国戏剧音乐有"以文化乐"的显著特点，它的音乐是和语言相关并由语言衍化出来的，无论是曲牌体还是板腔体的音乐旋律都与唱词、道白的音韵相关。地方性的剧种，既源于本地区流行的民歌小调，更涉及该地区的语言，即不同地区方言的声韵，包括不同的发声方法与发声部位，而地方语言的丰富性与复杂性，正是中国戏剧出现音乐旋律与风格各异的诸多剧种的基础。从剧目与表演角度看，各地方剧种在不同程度上体现了地域性的风俗习惯、伦理道德和生活方式，各剧种拥有的非常丰富的表演技巧，往往是与民众日常生活密不可分的，它在发展过程中必然会将各地民间代代相传的、各有特色的舞蹈技艺乃至竞技活动融汇其中。因此，基于音乐上的差异得以区分的剧种，它的内涵实在是极为丰富的。

概而言之，出自不同源流、形态各异的稀有剧种，既是一个民族民间音乐、舞蹈的取之不尽的宝藏，还是一个融精神追求与物质生活为一体的独特无二的民俗文化宝藏。所有这些地方剧种，都是无法替代的文化资源，用民间话语构成了一部有别于官方叙事的厚重的历史文本。

四、警示：丧钟为地方剧种敲响

地方剧种是一个拥有无穷开发价值的文化宝藏，然而，这个宝藏还没有得到认真发掘，就即将在我们面前化为尘土。

20世纪50年代中叶到60年代初,政府对各剧种的传统剧目曾经组织过大规模的"翻箱底,抖包袱"运动,有不少本已趋于消失的地方剧种得以中兴。可惜由于存留手段的缺乏,虽然留下了大量剧本,音乐和表演这两个更能体现地方剧种特色的领域并没有得到同样的关注。80年代初,各地艺术研究机构也曾经一度通过录音、录像等方式,抢救了一批老艺人的表演资料,然而,由于各地文化艺术研究部门对录音、录像资料的保存能力相当弱,这些资料,连同50年代以来收集的大量文字资料,正如同海陆丰的吕匹先生书柜里那些珍贵资料一样,已经遭致严重毁损,其中相当一部分极可能在近年里变成无法修复的废品。

其实,对于像戏剧这样的舞台表演艺术而言,最好也最可靠的保存手段,就是充分掌握剧种表演艺术精华的艺人的存在。在某种意义上说,任何一个剧种,只有当它还有艺人能够演出时才能说它被保存了下来,只有在艺人们"身上"的戏才是可在舞台上重现的。否则,即使我们记录了所有剧本,甚至有了足够多的录音、录像,它也仍然是死的存在。明初人为我们保留了大量元杂剧的剧本,但我们至今完全不知道元杂剧的演出形制,这就是一个很能说明问题的例证。可惜,近几十年培养的演员远远没有掌握扎实的基本功,更遑论熟练掌握本剧种、本行当那些有代表性的经典剧目表演的精华所在;于是,那些受到科班系统训练又有丰富舞台经验的老艺人纷纷谢世,不啻是在给这些稀有剧种敲响声声丧钟。

五、反思：稀有剧种何以遭世人冷漠

稀有剧种陷入困境的原因相当复杂。简单地将面临危机的地方剧种视为计划经济的殉葬品，或是在卡拉OK之类文化快餐面前不堪一击的没落古玩，当然是浅薄之论。从宏观上看，它涉及近几十年文化政策的取向，从微观上看，它涉及剧团的运作体制。假如我们局限于学理的层面分析这个问题，这些剧种拥有的独特文化内涵日渐流失，肯定是最关键的因素之一。

地方剧种既是传统的，又是地域的，可惜它遭逢了一个无论是传统还是地域文化活动都受到歧视的年代。无怪乎人们一直没有充分认识传统戏剧所拥有的历史文化价值，从未认识到那些濒临灭绝的戏曲剧种是弥足珍贵的历史文物。人们当然明白戏剧可以为观众提供即时的艺术消费，但是它更丰富的内涵却被这些表面的功能遮蔽了。所以20世纪50年代以来，几乎每个剧种从形式上都在一方面盲目地模仿话剧这种舶来戏剧样式的表演手法，另一方面盲目地模仿西洋歌剧普遍采用西洋乐器、建立大乐队；从内容上一方面盲目地创作大量没有观众的现代戏，另一方面盲目地移植京剧、越剧等传播范围较广、影响较大的剧种的走红剧目。从表面上看，这样的模仿非但无伤大雅，还有助于各地方剧种在相互交流中取长补短，但实际上却迅速导致了各剧种的趋同，使地方剧种越来越丧失自己的特点，所丢弃的正是对地方剧种至关重要的传统与地域文化内涵。

同时，这一趋势必然导致地方剧种演员对本剧种存在价值的深刻怀疑，从而严重影响了剧种传统的承继。

颇值得玩味的是，人们为植物园里的珍稀植物营造了适合生长的环境，野生动物的保护有了法规，有志愿者甘冒生命危险保护藏羚羊，然而，对于理解与重建我们的历史与文化、我们的精神生活更重要的地方剧种这一特殊人文资源，却非常缺乏有意识的保护，它们的遭遇远比不上东北虎、娃娃鱼。当然，如果说从国家到地方政府完全没有意识到这个问题的严重性和迫切性，那是不公平的，1992年，文化部在泉州和淄博分南北片举办了"天下第一团优秀剧目展演"，给十多个只剩下最后一个剧团的地方剧种，注入了一剂强心针；浙江省1998年举办了全省稀有剧种交流演出，1999年9月，福建省剧协推出了系统抢救闽剧的规划，类似的活动当然还有更多。相对于全国一百多个濒危剧种而言，这样一些活动简直就像杯水车薪，但是，至少足以说明稀有剧种的生存问题并不是一个死结，至少说明这些行将灭绝的剧种的保护与承继是有可为的，只不过我们目前还没有找到好的策略，尤其是建立一整套在市场经济条件下保护与继承传统文化遗产的有效机制。

六、未来：我们还有多少时间

可以肯定地说，我们已经丧失了保护和抢救稀有剧种的最佳时机。但我们还是必须去正视这一严酷的现实，尽到最后一份努力,哪怕已经是一堆废墟,也要力争将它们留给后人。

1994年以来我多次撰文,呼吁要像保护文物一样保护稀有剧种,我曾经写道我们只有最后十年左右时间来做这项意义深远的工作,就目前的情形看来,这样的估计简直乐观得难以被饶恕。现实情况是各地的稀有剧种正在以惊人的加速度消失,而就在我前往陆海丰之前,正字戏仅剩的两位老演员相继过世;这个剧种最后一位艺人出身的打鼓佬,正因老病在乡下调养,不管我们心怀多么良好的愿望祝他康复长寿,时间已经不多。西秦戏除了同样有一位年老的打鼓佬,所幸还剩有三位分别扮演正旦、老生、乌面的老艺人,他们也都已是八十多岁的高龄。白字戏现存中老年艺人基本上是解放后的科班出身,他们所学的剧目身段,所承继的表演技能远不足以完整体现白字戏的艺术魅力与丰富内涵。海陆丰的情形只是全国的一个缩影,但这个缩影显得如此真实和残酷,令人不忍逼视。

我带着吕匹留给我的一长串名单坐长途车离开海丰,名单列着当地三个剧种近几年去世的数十位老艺人的名字、行当和特长。我仿佛看到这份名单无声地在扩大在延长。就像刚刚经受台风肆虐的广深公路,在一抹无力的斜阳下,安详宁静,却满目疮痍。

(原载《中华读书报》1999年12月8日)

我们如何失去了瓯剧 *

瓯剧无疑是典型的濒危剧种。温州经济的高速发展是众所周知的，政府财力日渐雄厚，对文化事业，包括对戏剧的投入水涨船高，恐怕会让许多中西部的大剧团羡慕不已。但至少从目前的情况看，这还不足以真正实现拯救瓯剧的目标。瓯剧在温州已经生存发展数百年，形成了它非常有个性的独特表现手法与艺术风格，迟至三十多年前仍然是最受温州民众喜爱的戏剧表演形式之一，但现在它的市场空间已经非常之小，仅剩的最后一个剧团也必须依赖政府的财政支持才得以维持；一方面是这个最后的瓯剧团能够上演的传统剧目非常有限，更严峻的危机在于，它已经失去了当年曾经有过的那个庞大的观众群体，它已经不再是温州人日常文化娱乐的主要欣赏对象，有关瓯剧的一切，也不再是温州人精神与情感生活的重要内容。而瓯剧

---

* 本文发表后，感谢浙江温州的同行们指正，告诉我瓯剧除了有文中所说的一个国办剧团，陆续又出现了二十多个兼演京剧和瓯剧的民营剧团。就我现在的认识看，说我们"失去"了瓯剧，就已经不恰当了。当然，本文讨论的问题依然大量存在。

在温州人生活中这种迅速边缘化与陌生化的趋势,并不会仅仅因为政府增加对剧团的若干拨款而马上改变。

导致瓯剧陷入困境的原因十分复杂,我不可能在这里条分缕析地全面铺叙,但至少,导致它走向衰落的一个关键原因与中国对外开放过程中包括跨国传媒在内的大众传媒影响力日益扩张有着不可分割的密切联系。如果说在此之前,构成温州一般民众审美趣味的基本视觉经验,以及影响与支配温州人审美判断的公共话语的所有因素,都是温州人认同与肯定瓯剧价值的重要支撑,瓯剧向来都是温州人精神生活和文化娱乐的重要组成部分,瓯剧以及有关瓯剧的知识与感受,一直是温州人借以相互认同的重要途径,那些最为人们熟知的传统剧目里的男女主人公以及他们的情感交往,始终为一般民众口口相传且成为他们的情感表达范式,那么,当新的大众传媒影响力日益增大之时,温州人所接受的信息中,有关瓯剧的以及足以支撑瓯剧文化与美学价值的信息,却突然稀薄到不能再稀薄。

我们看到有关瓯剧的信息与知识渐渐从温州的地方媒体中消失,我们发现温州本地的媒体渐渐变得像所有传播范围更广阔的媒体一样,对跨国传媒精心制造出的艺术家以及艺术作品的关注远远超出了对温州本地艺术的关注,而不再或很少谈论那些最重要的瓯剧演员以及数百年来一直为温州人熟悉的瓯剧传统剧目。由此我们不得不指出,当瓯剧不再是温州人的公共话题和他们生活中关心的对象时,它也就不可避免地迅速从温州人的精神与情感世界中淡出。

当然,在同时出现于世界各地的无数同类事件面前,我们要做的不是简单地责备传媒业的从业人员,指责他们不关心与不重视本土艺术,而应该深切体会到,不管他们自己是否清晰地意识到,确实存在一种有形或无形的压力,逼迫着各地的地方性媒体放弃原有的价值。

首先,在全球化进程中,知识、信息、经验、感受的传播交流模式发生了非常关键性的变易。在此之前的人类悠久历史进程中,人只能以人的身体(包括完全依赖于身体的声音与形体语言)为主要传播媒介,这种特定方式决定了交流的有限性。恰恰是由于传播与交流受到身体本身的限制,决定了这样的交流以及它的有效性,最大限度地被局限于交流双方所能够直接触摸的经验范围内,因此,交流与传播的过程同时就成为营造特定群体与社区共享的情感空间的过程。然而在当今世界上,以跨国传媒为代表的大众媒体,它们运用的传播媒介不再依赖于身体,甚至主要不借助身体,在一个人们各种媒体渠道获取的信息量远远多于亲属、邻居和同事的时代,非身体性的超距传播已经渐渐成为人类知识、信息、经验、感受传播与交流的主渠道,这样的传播与交流,其特有的方式必然从根本上改变人们的精神世界。这一改变的结果就是,知识因其具备地方性而拥有价值的传统格局遭到致命破坏,基于人际直接交往的可能性与频率,以地域区隔为屏障保证某个空间的公众拥有同样的知识与经验,因而能够分享同一种价值的历史已经彻底终结。

其次，由于技术的发展，大众传媒的超距传播能力得以迅速提高，这种能力的提高反过来刺激着传媒企业扩张欲望的急剧膨胀，所以，任何跨国传媒，都不会满足于仅在一个狭小空间内传播资讯。而任何一个希冀获得在相当大的空间成功传播的大众媒体，都不可避免地要顾及这个广阔空间内公众的平均趣味与需求。为了传播与接受的有效性，它只能有选择地传递那些更具普适性的内容；然而越是适宜于大范围传播的信息，就越是注定会弱化它的地方性，注定要越来越远离每一特定区域内公众的日常生活。换言之，如果说一个媒体只局限于温州这样一个范围传播，那么它只需要考虑温州人对哪些信息感兴趣，而一个省的媒体却需要考虑哪些信息能令全省的公众感兴趣，跨国传媒的信息筛选更是必须考虑到全球公众的兴趣。在这一场合，一方面，那些被媒体认为更具备普适价值的内容在这种传播机制中获得优先选择；另一方面，即使是地方性的内容，也会被媒体按照普适性的价值与视角加以处理。正是这样一些大众传媒，令温州人和浙江其他地、市的民众，与中国其他省份的民众，甚至与世界其他国度的民众接受同样的信息。而在接受具有普适性的信息的同时，人们对地方性知识的兴趣却在下降。我们用这样一个假设来加以说明：如果说《温州日报》和温州电视台每周可以有一两个栏目谈论温州的本地艺术瓯剧以及与瓯剧相关的内容的话，《浙江日报》和浙江电视台可能每个月只能有一两个栏目涉及浙江所属的地级市温州流传的地方艺术瓯剧以及相关的内容，至于《人民日报》和中央电视台，恐怕每年也未必能够安排一两个栏目，专门谈论中国范围内数以百计的地区之一——温州——的地方艺术瓯剧以及与之相关的话题。所以，我们怎么能够奢望同时需要面对世界许多国家受众的跨国传媒像温州本地的媒体一样关注温州的艺术？从技术的角度看，假如说《浙江日报》和浙江电视台每周都会考虑安排一两个栏目谈论浙江的地方表演艺术，那么它会更多地选择谈论在浙江受众更广泛的越剧或婺剧，《人民日报》和中央电视台自然会更多地选择谈论京剧，等等。然而，这还不是问题的全部。真正令人困窘的麻烦在于全球化时代媒体传播范围的差异，同时也就意味着影响力的差异，并且，这样的差异很容易就演变为价值发现能力的差异，导致地方性的（因而在传播过程中显得较为弱势的）媒体，很难持续地保持自身的价值立场，导致这些弱势媒体非常轻易地就为强势媒体的价值观念牵制引导。具体说到地方艺术的传播，那些受到更大范围传播的强势媒体关注的艺术与知识，其价值会有更多机会得到更多人认识，与此同时，也会被理解为更具价值的知识与艺术；而被传播的频率与空间范围，在这里极易被曲解为价值的标志。在某种意义上说，全球化正是这样影响着当代社会的整体价值观，它诱使地方性的弱势媒体仿效跨国传媒的传播方式乃至于传播内容，于是，举例而言，你真的很难让《温州日报》和温州电视台断然拒绝跟随着跨国传媒的触角，关注温州之外的音乐、舞蹈与戏剧，关注由跨国传媒精心包装的明星，尽管这样的关注明显是虚假的——出于经济和技术等原因，事实上为地方媒体所津津乐道的那些跨国巨星的所有信息，都只能来自传播范围更大的那些大媒体乃至于跨国传媒。在这样的文化背景下，希冀任何地方性的媒体像关注跨国巨星那样关注有关本地的信息与知识，比如说，要让《温州日报》和温州电视台坚持对瓯剧的关注，都既不现实也无可能。

这就是传媒时代地方性艺术的宿命，而且，跨国传媒介入艺术传播领域所带来的问题更为复杂。大众传媒影响力的扩张，其结果不仅仅是开阔了公众的视野，同时也在潜移默化地向公众传递着媒体传播与选择中包含的既定价值。当艺术成为跨国传媒集团向公众提供的一种文化商品时，它的传播过程不仅仅是在向公众提供一些可资欣赏与娱乐的艺术产品，同时还在向公众提供它的选择标准。在这个人们对艺术的欣赏与判断如此受大众传媒影响的时代，跨国传媒公司的商业化选择很自然地构成这样一种强有力的暗示：越是受到跨国传媒公司青睐而被选中、因此得以越广泛传播的艺术品，就受到越多公众关注，同时也就意味着在公众日常精神生活中占据着重要的位置，得到公众更多的价值认同。正是由于全球化时代跨国传媒的商业化传播影响越来越大，各地民众原有的、由地方性艺术培养出来的各具特色的美学取向渐渐被这种由跨国传媒虚构出的、似乎更普泛化的趣味所替代，它一方面必然导致人类审美趣味的扁平化，进而，在这种现象的背后还包含了一种令人不安的逻辑：就像"越是民族的，就越是世界的"那种经典表述所昭示的那样，地方性知识的价值，必须在它有可能被纳入更大范围的知识体系，在它获得世界性确认的前提下才能够真正成立，因此实际的情况就变成"只有世界的，才是民族的"。人们觉得年复一年、日复一日在国内城乡各地演出并且广受欢迎是不够的，似乎只有进入维也纳金色大厅表演一次才能最终证明中国艺术的价值；一部川剧史或越剧史会专门以很大的篇幅写"走向世界的川剧"或"走向世界的越剧"之类，浓墨重彩地渲染它们受到本土之外的观众欢迎，仿佛国外偶然接触到这些剧种的观众要比中国资深的观众更有资格确证剧种的价值。在这里，地方性艺术价值与意义的自足性，显然已经成为"走向世界"的祭礼与牺牲；既然跨文化传播对于地方性艺术的价值确认变得如此重要、如此关键，艺术愈来愈依赖于跨国传媒的现象也就成为一种必然。

然而，跨国传媒的传播模式的特点，在于它是以将某些事实上是个别人或小群体的趣味无限放大，使之"显得"像是一种全球性趣味的方式传播的，因此，这样的传播，从本质上看不仅不能真正有助于地方性文化保持其本来面目与坚持本土价值，而且其作用恰恰相反。但更令人尴尬的事实是，对于大部分地方性艺术而言，即使这样被扭曲地"走向世界"的机会也很少；全球化对人们艺术趣味的影响是如此之大，却只有极少数民族的艺术因为幸运地得到跨国传媒关注而被理解——误读为"世界性艺术"。

与此同时，更多同样拥有浓厚地域色彩的知识与艺术，假如它们不幸因为后发达、地处偏远或其他种种缘由，无法得到大众传媒的关注，那么在这个全球化时代，极易成为社会与人类文化整体中被遗忘的存在，直至丧失其在原生地的公众精神生活中原有的地位，从而永远离开人们的视野——从公众的兴趣转移，进而连它的创造者自己也开始产生对其文化与艺术价值的质疑，最终遭到遗弃。

只有我们充分理解跨国传媒的传播规律以及传媒对当代社会以及当代人的日常生活影响有多大，才会真正明白在温州人失去或者说几乎失去瓯剧的这出悲剧里，媒体扮演的是什么角色。诚然，媒体并不完全排斥所有地方性艺术，相反，借助于高度发达的技术手段，大众传媒获得了前所未有的超强的传播能力，每天都可以给我们提供数量上数十百倍于此前的信息与知识，其中显然就包含了大量各种各样的地方性内容。通过这样的途径，我们得以更方便、快捷且更大量地接触到各种各样见所未见、闻所未闻的边远地区的艺术，但跨国传媒是通过将这些地方性艺术夸张地表现为非地方性的全球性艺术的途径，令它们为全球所知的。因此，跨国传媒对地方性艺术的发掘与传播的理由，并非基于对这种艺术形式的地方性价值本身的确认。而且，即使有了如此强大的传播手段，我们还是不能不遗憾地看到，相对于无限丰富的人类精神创造的整体，跨国传媒所能够关注的对象是如此之微不足道，比如说，对于无数像温州这样的地区的民众，跨国传媒根本不可能真正给予他们自己原有的艺术与文化传统以充分、足够的关注，它们所提供的只能主要是与这些民族、地区无关或关系很小的知识与艺术。于是，包括中国在内的许多后发达国家，进而，在中国这样幅员广阔的国家内诸多大众传媒从未关注过的角落，就有无数类似于瓯剧这样的传统艺术，迅速被旋转的时代之轮无情地甩到社会边缘。

中国还有许许多多像瓯剧一样有着悠久历史，拥有独特的表演艺术传统的剧种，它们面临同样的境遇，譬如福建泉州精美绝伦的梨园戏，湖北武汉作为京剧母体之一的汉剧，还有河南新乡古老而苍凉的二夹弦，当然，还有分别存在于甘肃、山西、广东及河北唐山周边地区的皮影，等等。但我在这里不是想要昭告瓯剧以及与之类似的传统艺术形式与文化活动濒临衰亡的悲剧，仅仅满足于为它们唱一曲挽歌。我不想夸张地说温州人不能没有瓯剧，但我想说后发达国家的民众一定不能生存在一个排斥与鄙薄本土文化艺术传统的、价值失衡的文化环境里，只仰赖于总部建在遥远的大洋彼岸的跨国传媒提供的艺术欣赏对象，按照他们提供的是非优劣标准选择、判断艺术欣赏对象，并且根据他们的模式重新设计安排自己的生活。而且我也决不会轻率地忽视全球化与艺术的跨文化传播过程的正面价值，我一刻也不想忽略它们给人类带来的福祉，这种正面与积极的作用还包括，就在许许多多地方性知识与艺术因为传媒的漠视而日渐趋于湮没的同时，毕竟还有某一部分原来同样只能在一个很有限的文化空间内生存与传播的杰出的艺术家与艺术作品、艺术活动，因其幸运地进入跨国传媒的视野而获得前所未有的传播。我只是希望借此揭示这样一个关键问题：对于大多数后发达国家的公众而言，我们何时并且如何丧失了对本土艺术的价值认同，以及假如我们还愿意保持最后的文化自信，那么，在这个全球化无远弗届的时代，将如何重建这种价值。

确实，全球化以及知识与艺术的全球性传播，尤其是因跨国传媒的介入带来的各种地方性知识与艺术的边缘化现象，对于所有后发达国家的传统艺术都是一个严峻的挑战。但回应似乎也正包含在问题之中：全球化时代地方性的本土艺术，往往只有在它能够融入这个全球化进程，获得跨文化传播并且在更大的文化背景下得到价值认同，才能恢复与重建文化自信。如前所述，就在后发达国家的诸多地方性知识与艺术的传统价值受到普遍质疑的同时，我们又欣喜地看到，随着经济全球化的进程，跨文化的交流与沟通比起以往任何时代都有更大的可能性。同样，跨国传媒公司给人类文化的交流与沟通提供了更多的可能性，至少是在理论层面上，它有可能以更具全球性的眼光，基于更开阔的视野处理不同民族的文化现象与历史传统，令更多人分享以往只能在一个较小区域内传播的艺术，包括其中的情感与智慧。跨国传媒因其触角遍及世界，因而也最有可能在新的多元文化价值观的建构过程中起到积极的推动作用。在这个意义上说，跨国传媒对于所有地方性知识与艺术，都是一把双刃剑。它既能且正在摧毁传统，同样也可以并可能正在成为后发达国家重建传统信念的有力工具,由此给传统注入巨大的活力。

但我们不必将跨国传媒看成地方性的传统文化艺术的拯救者,任何民族的文化艺术的传承都不能也不应该依赖以至乞求跨国传媒的恩赐与救赎。

文化与艺术的跨文化传播固然能对后发达国家的传统知识与艺术的生存与发展起到强大的助推作用,同时反过来看,传统知识与艺术也始终是决定跨国传媒能否持续生存与发展的最基础与最核心的文化资源。如果说在全球化进程中,越来越多的知识分子以及普通民众感受到了美国文化,以及作为一个整体的西方文化的覆盖性影响,极有可能导致文化多样性的丧失,进而使人类文化变得空前苍白与单调;对以跨国传媒为特殊象征的流行文化全球普适性的幻觉逐渐破灭,它空洞的表层化的传播模式日益为公众厌倦和唾弃,那么,人类终将回归更趋于重视文化产品的充实与独特内涵的时代,从而,艺术乃至于更多的文化活动与生活方式的地方性特征,终将重新得到珍惜。而更多地发掘与认识后发达国家那些濒临失传的地方性艺术,以更加开放和更具真正意义上的普适性的视角帮助它们重新确立在现代社会中的文化地位,不仅是跨国传媒在商业开拓进程中可能得到更多地区民众由衷欢迎的前提,而且更是它未来能够持续生存与发展的唯一路径。因此,最后我想特别提及,我这篇文章也可以用另一个标题,那就是"面对传统艺术的跨国传媒"。对于传统艺术而言,与跨国传媒的深度合作固然是重建文化自信的便捷途径，而与此同时，在这个因经济的全球化而更加凸显出文化多样性之重要的时代，对于跨国传媒公司而言，正视、尊重与善待各国、各地区，尤其是后发达国家与地区的文化艺术传统（不是为了猎奇，为了异国情调，也不是仅仅出于尊重所在国传统伦理道德观念这种消极考虑），努力从这些传统中寻找灵感，发掘足以感动世界的题材，主动承担起保护与传承所在国的传统文化艺术的责任，同样是其生存与发展的必经之路。

（原载《读书》2004年第9期）

向"创新"泼一瓢冷水
——一个保守主义者的自言自语

一

　　1998—1999年堪称北京的"话剧年",舞台上一片繁忙景象。中央实验话剧院推出了易卜生的《玩偶之家》,北京人艺推出以契诃夫与贝克特的两部经典改编的《三姐妹·等待戈多》,中国青年艺术剧院上演了布莱希特的《三毛钱歌剧》。我无意在这里讨论这些剧目的艺术成就。它们引起我兴趣的只有一点,那就是,虽然这些剧目都是久负盛名的西方经典戏剧作品,但是在这个话剧年,所有这些作品都已经被改得面目全非。

　　这一现象之所以引起我的兴趣,是因为遭遇如此命运的远不止于西方的经典剧目,也不限于话剧。从关汉卿的《窦娥冤》、王实甫的《西厢记》,直到晚近的《红楼梦》和《梁山伯与祝英台》,《雷雨》和《原野》,再到本想去美国纽约大都会艺术中心演出的所谓"全本《牡丹亭》",有多少剧目在重新上演时,不被一改再改呢?最近甚至连人艺的《茶馆》也在重排时第一次被拆碎。

大师们留下的经典剧目被任意地改动，已经成为中国戏剧界近几十年里最常见的现象，只有在很少的场合，我们才能够有幸看到经典剧目以其比较接近于原貌的形式上演。然而，也是在1998—1999年，英国皇家歌剧院带来他们的保留剧目——莎士比亚名剧《奥赛罗》，法国国家芭蕾舞剧院带来了古典名剧《天鹅湖》。这两个异邦的著名剧团并没有强调他们上演这些经典剧目时做了怎样的改编，有些什么创新，相反，他们几乎总是强调，这些作品是尽可能按照其原样上演的。事实也正是如此。像莎士比亚这样的戏剧大师的作品，虽然总是能够使不同人产生不同的感受，它们也确实屡被改造，但是在英国，以及在更多的国家，更多的时候是力求原汁原味上演的。拂去几百年的时间之尘，我们并不难从这些演出中窥见其真面目。

在一些很特殊的场合，我们的戏剧界也会不得不容忍经典剧目按其本来面目上演。比如说在剧团被邀请到中国台湾或东南亚演出时，只有在应邀请方无法通融的要求时，我们的剧团才会满腹怨诽地抑止住改造经典剧目的强烈冲动。这就是说，除非是为了满足外国人或海外华人怪癖的胃口——他们经常是怪癖的，我们的艺术家们决不甘心于将大师的经典剧目原封不动地搬上舞台。

在我们的戏剧界，实际上是在整个艺术界，艺术家们总是不断地甚至经常是随心所欲地"创新"，令人眼花缭乱。它像极了我们身边不断出现的那种拆了真庙盖假庙的闹剧。在社会领域，对真正的古董弃之若敝屣而热衷于制造一些假古董的现象之盛行，除了可以借此达到某些商业效果以外，还在于你可以把盖了一座新大楼写进政府工作报告——总不能在每年的工作报告中都写上："我们的每条街道还照原样保存完好。"就艺术家们而言，除了谋利以及希望能在历史的某一页上书写一笔的欲望外，还因为对经典作品为所欲为的改造，很少像现实生活中的拆真庙盖假庙那样受到知识界与理论界广泛的批评与谴责，相反，倒可以欣欣然地品尝着来自艺术理论界的无尽赞扬。

从我们开始接触艺术理论之时起，一种关于艺术的价值标准就已经根深蒂固地被印刻在脑海里。我们一直被告知——艺术贵在创新！在我们用以分辨文学艺术作品水平与价值高低的无数条标准中，"创新"向来是最少甚至是从未受到过怀疑的一条。

我们的文艺理论总是引用那句老掉牙的名言——第一个把女人比喻成花的是天才，第二个把女人比喻成花的是庸人，第三个把女人比喻成花的是白痴。这句名言用明确无误的语调告诉我们，唯有创新才是有价值的，而模仿他人，则是一种很没有出息的行为。在这样的艺术理论背景下，人们心怀对模仿的恐惧，拼命追求新的艺术手法、新的艺术内涵、新的艺术风格，假如这些都无力追求，那么就追求新的外壳与包装。

这样的理论背景培育和诱导了许许多多对大师与经典的"重新演绎"。一方面，据说这是为了使经典作品能够与现代人的心灵产生共鸣；而更重要的方面在于，据说

"艺术必须创新",据说传统作品的重新上演之所以有价值,就在于它可以通过现代人的改造和重新解读,表现出某些"新意"。

在一个不惜用最美好的词汇赞美创新,用最不屑的口气谈论重复与模仿的语境里,数十年来,我们看到艺术家们匆匆忙忙地走在创新的路上,决不肯重复别人,甚至都无暇重复自己。诗人们不断创新,新手法层出不穷;小说家们不断创新,新"主义"逐日更替;理论家们也不断创新,新观念蜂拥而出。连流行歌曲也像工业流水线般每周推出"原创音乐榜",一首歌刚刚露面就已经过时。于是,就像以日趋疯狂的速度不断更新的电脑芯片和软件一样,所有作品所有手法所有风格都有如过眼烟云,等不到成熟就早被淘汰。艺术之树上到处可见青涩的果实,令人不堪咀嚼。

我们的艺术家就像一群狗熊冲进玉米地,虽然总是急匆匆地努力掰取每只进入视野的玉米棒子,总是不断有新的收获,可惜一面收获,一面也在遗弃原有的成果,最后留在手中的那只棒子,甚至都未必最好。经历了这种狗熊式不断创新的多年努力,我们的艺术果实究竟存留多少,而不经意间从我们手中遗弃的又有多少?

二

对艺术创新毫无保留的赞美,与对模仿毫无保留的蔑视,总是相辅相成的。

这种理论潜在的一个理由，就是模仿很容易、很简单，只不过是一种人人都能够做的简单劳动，而创新却是真正具有原创性的。

但是，我们的艺术理论却忽视了同样是对于创新与模仿，还可以有另一种视角。在某种意义上，也可以说模仿很难，创新，却非常容易。我们见过了太多在"创新"幌子下的胡言乱语，太多没有任何内涵与意义的东西受到将"创新"视为一种绝对价值的艺术观念毫无原则的鼓励，这种鼓励最典型的表述形式就是："虽然比较粗糙不够成熟……但是具有创新意识，有新意，值得鼓励。"一种较为精致较为成熟的重复与模仿，与一种较为粗糙较为幼稚的创新相比，到底谁更有价值，这个问题或许颇有点像当年那个著名的关于"资本主义的苗"与"社会主义的草"的对比，但这种对比，却无法回避。

盖叫天的二公子张二鹏和乃父一样也是一名著名京剧演员，他常说的一段话实在很值得记下来作为警示："创新多容易啊，越是身上没玩意儿的人越能创新，除了创新啥都不会。成天创新，喊戏剧改革，我看那该叫戏剧宰割。"把"改革"演绎成"宰割"的创新，往往出现在那些对传统一知半解甚至一无所知，那些"身上没玩意儿"的莽汉们自以为是的探索中。而唯有在模仿时，他们才会显露出捉襟见肘的窘态。然而，并不是谁都敢说自己学习、模仿达到了很高的水平，并不是谁都敢说得到了大师、名家的真传。模仿与继承需要付出大量的劳动，需要年复一年日复一日地勤学苦练，即使付出了如此的努力，还需要天分和悟性才能学得会，学得像。

我猜测这个时代一定流行着某种渗透在骨子里的懒惰，说这种懒惰是渗透在人们骨子里的，是因为没有任何别的懒惰，会包裹着如此高雅的伪装。由于懒惰，我们这个时代就成为一个因为最拒绝模仿与重复而显得最具有"创新意识"、最具有"创新能力"的时代，然而在充斥着各种各样的创新的同时，不止一个门类的艺术在急剧滑落，滑落到业余水平。

就连艺术院校的师生，也不再能够获得良好的传统教育，因为在鼓励创新的大合唱中，艺术学院竟成了最卖力的领唱。世界上几乎所有国家的艺术院校都是通过教学强制性地对学生进行模仿与重复训练的场所，它们通过一代又一代艺术新秀对前辈大师的努力承继，倡导与实现艺术的绵延。然而现在的中国，真正意义上的"学院派"早就已经不复存在——那种作为艺术领域必不可少的保守势力，制约着艺术的发展方向，使艺术始终在一个非常坚实地继承着传统的基础上行进的势力，已经不复存在。一个缺乏真正意义上的"学院派"的艺术环境是非常危险的，没有学院派以及像学院一样讲究师承的艺术环境，艺术就必然会失去可以衡量作品价值高低的标准，也就必然成为一种媚俗的竞赛。

其实，创新本该是艺术的一个极高的标准，现在却成了蹩脚的末流艺术的托词。创新原本应该是积累了大量的学习与模仿之后,对传统艰难的超越,它是在无数一般的、普通的艺术家大量模仿和重复之作基础上偶尔出现的惊鸿一瞥,现在却成了无知小儿的涂鸦。没有人教导我们如何模仿和重复大师的经典,只有人徒劳地教导我们如何去创新——然而创新是无法教会的,所以这只能是一种徒劳的艺术教育。

艺术的创新在中国得到如此多的崇拜,令人想到,欧洲18世纪以来的浪漫主义思潮对中国现代艺术的影响,还远远没有得到充分的估计。我们确实十分切身地感受到欧洲现实主义的影响,尤其是批判现实主义的影响,然而,强调个性、崇敬天才、鼓励独创的浪漫主义,却在不知不觉中成了几代艺术家的自觉信仰。

浪漫主义进入中国时所遇到的艺术背景,在很大程度上与它在欧洲兴起时的背景有相似之处。它们都是对一段无比强大的漫长而凝固的历史、在艺术领域占据着绝对主导地位的古典主义思潮,以及压抑个性的社会结构和意识形态的强烈反拨,那是个"不过正不能矫枉"的时代,没有如此强有力的、不顾后果的冲击,艺术就不可能向前哪怕稍微前进一步。它们造就了一个激动人心的新时代,使正趋于死寂的社会与艺术获得了活力。但是,即使是在浪漫主义最为流行的时代,在西方也仍然存在一个非常独立的、保守的学院派,作为浪漫主义激情的必要制衡,它们小心翼翼地保护着传统,有效地维护着社会与艺术对古典艺术的承继。而在现代中国,如果说保守主义迟至在20世纪40年代仍然能不时发出它坚定不移的声音,那么在此之后,它的生存空间陡然变得越来越小,几乎杳无身影。

在铺天盖地的创新热潮中,我们这个虚不受补的民族,经历了清末民初那一场革故鼎新的革命之后,再没有时间喘一口气;就在停滞了上千年的古老的艺术传统一夜之间遭遇到普遍的怀疑,外来艺术新潮一拥而入的同时,西方几千年历史平面地在中国展开。然而,所有这些展开了的历史并没有真正培育出我们自己的、成熟的艺术流派,积淀成为一种新的传统。只有在艺术长时期地停滞不前的特殊时期,创新才能作为推动艺术前进的良药偶尔用之。在更多的场合,本该由对大师及经典的学习、模仿和继承,构成一个时代的艺术主流。

无怪乎我们的艺术没有主流。

三

艺术家——哪怕是最优秀的艺术家,也并非每天每时、每次创作都在不断创新。不!绝大多数伟大艺术家的生命过程中只有很少创新,他们经常重复他人,重复自己。一部艺术史就是一部重复与模仿的历史。

当你在模仿,尤其是在模仿一位真正的大师时,取法其上,或许能够得乎其中;倘若你去"创新",却只不过是验证渺小的自己。人类要多少年才能够出现一位真正的大师,就意味着这多少年里,绝大多数创新的意义都微乎其微；人类每天都会自然涌现出无数新的行为方式、新的思想和观念，包括新的艺术作品，但是文化如同大浪淘沙，绝大多数所谓的创新，因为不曾被人们大量地重复与模仿，都如烟消云散转瞬即逝，留不下任何痕迹。

创新是激动人心的；鼓吹模仿，未免显得消极和保守。我宁愿做个保守主义者。也许科学需要创新，文化却需要保守。接受了二十年崇尚创新的艺术理论教育，见过了太多的文化垃圾，面对躁动的人们前驱后赶留下的满目疮痍，我想对那种完全不懂模仿价值的创新理论泼上一瓢冷水。

（原载《文艺争鸣》2001年第1期）

MPA・练功・修行

我在厦门大学文学院给本科生上一门讲座课，接在我后面上课的是台北艺术大学戏剧系钟明德教授。我不记得我们是不是曾经见过面，但是感觉挺熟，他希望一起聊聊，于是我们就有两次很长也非常愉快的聊天。钟教授是台湾著名的后现代戏剧观念代表人物，但他要和我谈的是戏剧表演。他有备而来，送我他的新著《MPA 三叹：向大师斯坦尼斯拉夫斯基致敬》。

如果用相声做比喻，他是逗哏的，我是捧哏的。他负责阐述理论，我负责破。我们恰好对同一话题感兴趣，那就是戏剧演员的训练。

一

钟明德新著的重点，是他对斯坦尼斯拉夫斯基（以下简称斯氏。想必钟明德也觉得俄国人这么长的名字太费篇幅吧，所以简称史氏）MPA（Method of Physical Actions，钟译为"身体行动方法"，大陆学者一般译为"形体动作方法"）理论的理解。他认为斯氏被后人误解甚多，不过他是通过波兰导演格罗托夫斯基（以下简称格氏，钟译为葛罗托斯基，故他简称其为葛氏）引入对斯氏的介绍与评价的。格氏被公认为斯氏最好的传人，他把斯氏晚年的戏剧表演理论推进到一个新的境界，对西方当代戏剧的影响其实远大于布莱希特和梅耶荷德。在中国，格氏以"贫困戏剧"或"质朴戏剧"闻名，当代西方最重要的戏剧理论家尤金尼奥·巴尔巴和近年在中国极具影响的导演彼得·布鲁克都是格氏的衣钵传人，对他的理论推崇备至，不过关注重点并不是贫困戏剧。这些重要戏剧家都在欧洲，但钟明德并不在欧洲学戏剧，他1982年进入美国纽约大学表演研究所，后来还成为美国著名戏剧理论家、教育家谢克纳的学生，在中国大陆，谢克纳更多是因为他的中国传人孙惠柱翻译并介绍的"人类表演学"而闻名，但钟明德对谢克纳的兴趣点不是这个译成中文后名字有点奇怪的"人类表演学"，而是表演与真正的人类学相交的那部分。

在中国话剧界，斯坦尼斯拉夫斯基的表演理论体系的统治地位依然是无可动摇的，除斯氏外，话剧界并没有任何其他理论有如此覆盖性的影响，当然也没有形成过自己的有影响的完整理论。数年前李默然、徐晓钟两位前辈试图推动这一现象的改变，邀集同人举办了一次"中国表（导）演理论体系研讨会"，会上只听我们在热闹地谈戏曲表演，在话剧表（导）演理论方面反而没有什么令人关注的研究成果。近年话剧界喜欢谈论"中国学派",然而无论理论还是实践,要真正成形并获得国际戏剧界公认,还有漫漫前路。所以在中国话剧领域,斯氏仍然是唯一的表演理论"体系"。斯氏体系在中国最为戏剧界熟知的,是对戏剧演员心理体验的重视,体系的第一要义,就是让演员在导演启发下通过心理体验"进入角色"。焦菊隐总结其为"心象说","虽不中,亦不远矣"。

钟明德在此登场。他说,斯氏后半生的探索与追求,其实与他前半生所创立的重视"心理体验"的理论有很大出入。20世纪30年代,斯氏变得更重视形体表达,尤其在1928年10月心脏病突发后的养病阶段,他开始对戏剧表演和导演的规律有了全新的认识。这就是他在《演员创造角色》里强调的"由外而内"的形体动作方法,他要求演员在排练时首先考虑"在这种情境下他将要在形体上做些什么,也就是将怎样动作(绝不是体验,在这个时刻千万不要想到情感)……当这些形体动作清楚地确定下来了,给演员剩下的就只是在形体上加以执行(注意:我说在形体上执行,而不是体验,因为有了正确的形体动作,体验就会自然而然地产生……)"(《演员创造角色》,中国电影出版社1987年版,38页)。这里的斯氏的理论和我们一般的理解简直有天壤之别,而这里所说的"形体动作方法",就是钟明德所说的MPA。

把MPA作为戏剧表演的核心,从重视"心理体验"转向重视"身体行动",斯氏个人戏剧观念的这一变化,后来成了后现代戏剧最主要的理念,所以,说他的这一变化引领着 20 世纪后半叶西方戏剧表演理论的重大转向并不为过。然而,如钟著所引与大陆学者的私人通信所说,斯氏理论的这一部分,在尊奉斯氏体系的"长期以苏联老大哥的社会主义写实主义为师的大陆戏剧界",几乎没有影响,斯氏理论的这部分完全消失了,"谈的都是早期的理论与实践"(42 页),即使是 2013 年北京电影学院举办的专门研究斯坦尼斯拉夫斯基体系中后期的国际学术研讨会,依旧如此(其实,郑雪来翻译的《演员创造角色》前面两位苏联学者写的导语,对斯氏的这一重大转变有很清晰的介绍)。不过钟著并不认为这是中国大陆戏剧界的偏差,如他所说,在 20 世纪 60 年代格氏突然走红前,欧美戏剧界也并不太理解斯氏的这些学说;其实钟明德自承他也这样,1986 年他回台湾后投入小剧场运动,主轴还只是布莱希特的政治剧场或阿尔托的剧场美学,"钟后现"的雅号就是这样得来的。

这可是件有趣的事。我是在梳理 1935 年梅兰芳访问苏联的相关资料时开始注意到斯氏的这一变化的,尤其是他那又爱又怨的学生梅耶荷德与梅兰芳的关系。从我们新发现的资料看,苏联戏剧家之所以重视梅兰芳的演出,是由于梅兰芳(或者说是戏曲)的表演美学,在这个最恰当的时间点,为他们艰难地寻找戏剧表演突破口提供了一个最好不过的范本,并给了欧洲戏剧理论家重要的启发。苏联戏剧家厌倦了高度意识形态化的"现实主义原则",恰好在此时来了梅兰芳。以梅兰芳为代表的戏曲表演,在舞台上始终刻意保持着与现实生活强烈而明显的距离感,但是却具有更强的戏剧表现力。既然梅兰芳的表演是精彩的,说明戏剧表演不应该只有现实主义这一条道路和一种模式。众所周知,布莱希特就是由此开创了他的新理论,梅耶荷德看似背离现实主义传统的表演追求,似乎也从梅兰芳这里获得了实证的奥援。20世纪后半叶西方著名戏剧导演和理论家,几乎一边倒地追求非写实主义的、非幻觉的表演,实与梅兰芳访苏这个重要契机关系密切。

梅耶荷德的追求很快夭折,他被送进了集中营并死于非命,但是与他相近的努力在苏联之外逐渐开花结果。梅耶荷德、格氏与梅兰芳的关系几乎没有什么人提及,从钟著我们找到一条可能的通道,那就是斯氏的MPA。我在想,这些苏联、东欧戏剧家对梅兰芳的兴趣,或许并不只在非写实的表演形态,更在于戏曲的训练方法与MPA的内在关联,斯氏对梅兰芳的兴趣,背后或就是由于MPA与戏曲演员的职业生涯的相似性?因为戏曲演员的训练与表演就是从身体行动开始而非从心理体验开始的,斯氏苦苦思索一生,到晚年才仿佛明白的道理,在中国戏曲领域早就成功实践了数百上千年。

戏曲演员自幼接受艰苦的训练,完成从素人到演员的转换。戏曲演员的训练内容,压腿、倒立、跟斗、圆场、水袖等(其实也包括喊嗓),全部内容都与且只与身体行动相关。戏曲演员的培养过程只训练身体,即使在剧目表演阶段，教的仍然是一招一式，是招式本身，是身体行动方法，MPA！其实，不仅戏曲，所有以身体为媒介的艺术，比如舞蹈，都必须经历长期、艰苦且系统的训练，目的就是为提升演员对身体的控制能力，包括身体的柔软性、爆发力和动作的准确度等，最终它们所导向的都是且只是身体的表现力。斯氏体系进入中国后，戏曲界顿时产生了强烈的自卑感，觉得只关注身体表达不讲人物心理体验的传统训练方法太落后啦，于是就开始追求"进步"，不想斯氏自己倒先变了。前面所引斯氏《演员创造角色》里的那段话，仿佛就是为证明从身体行动出发的训练方法的合理性而写的："有了正确的形体动作，体验就会自然而然地产生。"他自己已经把心理体验看成"旧剧场"该淘汰的方法了。

钟著没有提及是什么导致斯氏发生了这一变化。戏剧表现人物，戏曲演员常说的"装龙像龙，装虎像虎"只是第一步，解决的是"像"的问题；表演领域更重要的或更高层次的，是演员如何吸引观众，调动观众的情感，与之产生共鸣。因此，表演不只是为了让观众认可演员与角色之间的相似性，更要通过有特殊魅力的表演，让观众受到感染，情不自禁地进入演剧所提供的那个与现实生活相异的世界。这样简单的道理，斯氏怎么可能不懂？然而，他早期强调的心理体验、进入角色等，所解决的问题似乎只是让演员演得"像"，这当然是不够的！戏剧表演不能停留在模仿现实人生的层面，亚里士多德说，艺术模仿的不是人在现实生活中的样子,而是人"应该有"的样子;演员的工作不只是让舞台上的角色"像"戏剧作品里的人物,而是为人物塑形,让观众觉得那个戏剧人物"应该"是这样的——梅兰芳让观众觉得《贵妃醉酒》里的杨贵妃"应该"是这样的,裴艳玲让观众觉得《夜奔》里的林冲"应该"是这样的,张火丁让观众觉得《锁麟囊》里的薛湘灵"应该"是这样的。即使观众心目中对杨贵妃、林冲和薛湘灵的形象早有预设,优秀的演员也能通过舞台表演改变甚至颠覆观众先入为主的预设,这样的戏剧和表演才令观众痴迷。然而,无论是梅兰芳还是裴艳玲、张火丁,戏都是师傅教的,师傅教的就是形体动作,就是招式,是MPA。他们学会了,于是用在舞台上,用得精彩。

这就有趣了,黄佐临1962年不是提出"梅兰芳戏剧观"和斯坦尼斯拉夫斯基戏剧观、布莱希特戏剧观之不同(所谓"世界三大戏剧体系"就是从这里以讹传讹成为"常识"的)吗?斯氏晚年的戏剧观居然和梅兰芳为代表的戏曲表演殊途同归。只不过按继承了斯氏衣钵的格氏的说法,斯氏没有来得及按他晚年的这一理论创见建立一套新的戏剧演员训练体系,"斯氏的MPA探索并没有真正完成,原因是他死了"(《MPA三叹》,79页)。

钟明德坦言,他在美国学习戏剧时还不明白这些。台北艺术大学原校长邱坤良在为该书写的序里说,他亲身见证了"钟后现"学术立场的大转折——近年来钟明德开始热衷于讲述各种超验的与灵异的感受,我想邱序大约是不好意思直接说钟明德开始变得神叨了。按钟的自述,那是由于1998年他偶然参加台湾少数民族的一场祭祀,在凌晨突然体验到令自己震撼的"狂喜",心灵仿佛突然升华。接着他持续在类似的相关仪式里获得这样的体验,他把这些神秘的感受与斯氏的表演理论联系起来,认为这就是MPA所应该追求的效果。

二

我和钟明德有关戏剧表演的理解,就在这里出现了分岔。钟著认为斯氏作为20世纪最伟大的戏剧理论家,他最伟大的贡献是MPA,而不是我们熟知的要求演员从心理体验出发的戏剧观念。他同样推崇格氏晚年的演员训练方法,格氏希望能通过某种方法,训练出具有天生魅力、"会从内部发光"的"神圣演员",这样的演员能够通过表演调动和激发观众的情感,使剧场进入观演一体的理想演剧状态。优秀演员都有这样的气场,钟著说裴艳玲就是这样的演员,那么,梅兰芳就更是了。然而格氏的训练和梅兰芳、裴艳玲所接受的训练并不是一回事。

我隐约觉得钟明德所说的"神圣演员",多少有些像是通灵的萨满,实际上他就是这样暗示的,钟明德认为通过斯氏所倡导的"身体行动方法",就可以训练出这样的演员,因此他对MPA的价值深信不疑,尤其因为他先后亲身参与了台湾高山族的矮灵祭、白沙屯妈祖徒步进香和云南景颇族的目瑙纵歌的过程，在这些群体性的剧烈"行动"过程中，身体被诱发出超越极限的能力，在狂欢中进入出神忘我的境界。

各类"出神"的超现实体验都很有震慑力，当年的气功师就这样真真假假地吸引了无数信众，钟明德也因这一奇特经历改变了学术方向。他突然对斯氏的MPA有了新的领悟，把信众们随妈祖大轿狂奔数百公里的神奇经历，解释为在妈祖的精神力统率下进行的"超越身与意的表演训练"；认为景颇族目瑙纵歌的歌场里，舞者通宵达旦的鸟步让他们"借由反复的、专注的、松沉的、长时间的行走……从日常的意识状态走入非日常的、当下的、自在的'动即静'状态"（153页）。他更联想到，格氏强调的训练方法就是"力量的走路"（Walk of Power）。我把它比喻为带有宗教意蕴的马拉松，其结果据说确实能让人产生精神逸出肉身的"感觉"——其实我这里想用"幻觉"，但我不确定那是真是幻，对于实际经历者而言，大约是不"幻"的。从心理学角度分析，简单、机械且长时间、超强度的运动令人极度疲惫，我猜是多巴胺分泌过度，容易导致人精神恍惚，获得神秘与超验的心灵感受，仿佛灵魂出窍，有人把这种状态称为"灵感"，有说此时人可以进入潜意识领域，有认为这就是创造伟大的艺术必不可少的前提，反正钟明德觉得，这就是MPA的真谛。于是他开始在台北的大学课堂上讲授MPA课程，非常受欢迎。他越是深入思考和研究，越深感斯氏晚年的MPA理论与格氏（同样是晚年）的 MPA 实践之伟大，不免为珠玉蒙尘而感慨，立志要为戏剧界做个荐宝人。

对于怀有满腔热情邀我对话的钟明德先生而言，我是个煞风景的人。虽然我知道人类对世界（包括对自身）所知甚少，所以不敢不信钟明德所说的矮灵祭，不敢不信妈祖绕台时信众们的神奇体验；我从小就听说家乡附近九华山的神奇，经常有邻村老太太，在平地里走路都颤颤巍巍，居然能用小脚登上陡峭的山顶，这些都是我不敢不信的；而且我深信钟明德是个诚实的学者，他看起来甚至比诚实还更多一点，称其"忠厚"才合适。我完全没有理由怀疑他的叙述，但是既然涉及戏剧表演以及演员的训练，我想我还是有话要说。

我不喜欢怪力乱神。其实按钟著的叙述，格氏对演员的要求与训练完全无涉超验领域。比如说，他认为演员最好的表演状态是"不扮演角色"，更重要的是"将记忆中的身体行动发掘出来并建构成一套'表演程式'"；而导演的功能，就是协助众多演员将他们各自的"表演程式"与剧场元素一起组合一出戏的"表演文本"，"演员们只要适当地执行他们各自的'表演程式'，即能够进入有机的、自发的'最佳表演状态'，而观众不仅可以看到角色、剧情，甚至可以感受到一场不可能或不可言说的表演"（81页）。这段话简直与戏曲表演的规律太接近了，如果我们不太健忘，还应该记得数年前京剧演员李玉声就说过，戏曲演员"不刻画人物"，只是展示玩意儿，表现四功五法。

格氏说的这个道理,戏曲演员天天都在台上实践,但我不相信戏曲演员都有通灵的功夫。

三

钟著所述的所有与表演相关的体验,都是在集体性的狂欢里个体的"出神忘我"状态。如他所说,格氏晚年的演员训练,目标就是用表演把所有观众带入这种柏拉图式的"迷狂"状态。但我不知道格氏的成果如何,他用瑜伽式的训练方法培养出了多少理查·奇斯拉克。我只想说格氏晚年已经对剧团演出没有兴趣了,或者说不屑,他讲"艺乘",训练不是为"艺术展演",只是为了获得超验的感悟,这是在修行。

钟先生甚至想用他写书的神速,说明他的"出神"体验确实有效,在我看来近乎狡辩,毕竟他并没有因此成为优秀演员。至于MPA,当然是重要的,如钟著所说,巴尔巴培养了卡瑞莉,不过更重要的是,卡瑞莉在长达几十年的时间里一直在刻苦练功;他甚至还举了北京的陶剧场为例,陶冶就是这样让他的舞者日复一日地接受简单枯燥的形体训练,才有那些回归身体的抽象舞蹈。其实他满可以举更多例子,每个戏曲演员在学戏过程中,都是每天无数遍地重复简单枯燥的动作。这样长期、艰苦的训练,赋予演员自如地控制自己身体的能力,使之在舞台上有超乎常人的表演能力,然而并不需要"出神"和"迷狂"。这是个持续与渐进的过程，我从未听说哪位演员练功时突然发生蜕变，顿时成了大师。

我还想说得更实际一点，表演既是艺术，更是职业。舞台表演是演员的职业，是日常人生，所以他不可能一直沉浸在超验世界里。其实文学也是如此，尽管很多小说家都喜欢谈论灵感，但我相信小说写作是个漫长的过程，就算有灵感闪现也只是写作过程中的瞬间。哪怕有作家和艺术家声称他们最优秀的作品是灵感来袭时无意识地创造出来的——"下笔如有神"，但我们每天所面对的文学艺术活动，却基本上不是超验领域的现象。优秀的演员，天赋、资质都重要，勤奋重要，全神贯注的投入重要，这些都在现实的层面上，无须涉及那个不可知的灵异空间。

所以我们才要讨论训练方法。我非常佩服钟著对斯氏 MPA 之价值的洞察，说这是对斯氏的再发现也不为过。晚年的斯氏希望为话剧演员找到一套让他们"从外而内"地解决表演难题的"身体行动方法"，然而从格氏始，他的传人的继续探索却走上了另一条路。钟著指出："我们发现 20 世纪几位现代剧场大师从斯坦尼斯拉夫斯基、布莱希特、阿尔托、格罗托夫斯基、布鲁克、谢克纳到巴尔巴等，的确都受到东方剧场的感召或直接到东方取经……"（102 页）不过他说的"东方"，是印度的瑜伽，是湿婆，不是梅兰芳。

我感觉从探讨演员训练方法陷入追求超现实的体验，那是走火入魔了。我更希望把斯氏的 MPA 从天上拉回到地上，从湿婆回到梅兰芳。它可以是一个既简单又普通（或许有些残酷）的训练体系，通过有规律的、枯燥的身训，让演员掌握扮演各类戏剧人物的能力。戏曲演员接受的就是这种训练，假如按斯氏的遗愿，若能为话剧演员设计一个提升形体表现力的训练体系，岂非很好。

然而，这是练功，不是修行。

我相信，超过 90% 的戏剧演员在超过 90% 的时间里，都只是在从事表演这个职业，那些神乎其神的灵异现象就算真有其事，也只是偶然中偶然。这就是个技术活，所以要练功。练功是戏剧演员的必修课，如果讲修行，大师才有份，那不是戏剧理论家发言的地方。美学或艺术理论，大到艺术学基本原理，具体到戏剧表演体系，不能只讨论极端状况，应该解释与归纳最具普遍性的、常态化的现象；不能只关注大师，更应该从最平常的文学艺术活动中总结规律。所以，我们可以谈 MPA，但是把它看成是练功，不要将它变成修行。

（原载《读书》2018 年第 12 期）

辑三 钩沉人与事

延安平剧研究院始末

1935年，红军长征到达陕北，1937年年初中央政权迁往延安，延安的戏剧因此发生巨变。在20世纪中国戏剧史上，新兴的话剧与传统的京剧构成最重要的两翼，尽管它们都与延安地区原有民众的美学趣味相去甚远，然而，却比当地流行的眉户秦腔更接近来自全国各地的红军将士及青年知识分子的趣味，延安的戏剧重心迅速向京剧和话剧倾斜。京剧尤因切合红色政权推崇的"民族风格与民族气象"，在延安得到特殊的厚爱。延安平剧研究院因此成为这里最重要的戏剧机构之一，它是以延安为中心的红色政权领导下最重要的戏剧演出机构。

瑞金的苏区戏剧是延安戏剧直接的源头，延安的京剧演出同样如此。1938年7月，延安鲁迅艺术文学院所属的实验剧团联合抗日军政大学等单位，编排了三台大戏，除了话剧《流寇队长》和歌剧《农村曲》，最引人注目的是王震之由传统京剧《打渔杀家》改编而成的新剧目《松花江上》。京剧《松花江上》的出现固有其偶然性，却为红色区域的戏剧表演开启了一扇新的大门，让边区从此响起了京剧的弦歌声声。

《松花江上》被视为"旧瓶装新酒"的代表作,它按照传统京剧《打渔杀家》的基本构架,松花江畔渔民领袖赵瑞就是原剧的男主人公萧恩的化身,全剧表现的就是他为反抗大地主和汉奸丁团总的迫害开展的斗争,其他的主要人物也一仍其旧。于是,不仅原剧的主人公与人物关系,完整地被置换到当时的时代背景下,而且,从艺术结构、情节安排到人物关系和唱腔结构,都是《打渔杀家》的"现代戏"翻版。美术系学生阿甲扮演男主角赵瑞,刚从上海来到延安的影星江青扮演赵瑞的女儿,其时她正担任鲁艺的学生指导员,她是延安少有的学过京剧表演并在北京搭班演过京戏的演员。《松花江上》在延安轰动一时,它成功打开了延安戏剧活动的新天地。鲁艺实验剧团相继上演罗合如按《乌龙院》改编的《刘家村》、李纶按《青风寨》改编的《赵家镇》、陶德康按《落马湖》改编的《夜袭飞机场》,《松花江上》的模式成为延安京剧新剧目创作的一时风尚,而《松林恨》《钱守常》这类全然新编的时事题材剧目反而显得另类。

《松花江上》勾起了延安当局领导们对京剧的兴致,但这兴致显然并不是指向新编剧目的内容,而是京剧这种形式。实验剧团持续编演的新作看似得到相当好的评价,京剧的魅力却比起上述新剧目更受重视。1939年上半年,鲁艺实验剧团的京剧爱好者组成了"旧剧研究班",是年冬天,毛泽东等人捐助了两千元。时任中央政治局委员的康生特别指派阿甲和任桂林到西安,在中共西安办事处和著名编剧封至模的协助下置办了一副戏箱,戏箱运回延安后,迫不及待地立刻举行了一场传统剧目演出。1940年4月5日,鲁艺更以"为集中旧剧人才,从事旧剧之研究改革工作"的名义发布公告,在旧剧研究班基础上组建独立的鲁艺平剧团,脱离了实验剧团。平剧团的成员,包括在北京辅仁大学学习时就爱好京剧并小有名气的票友小生陶德康,在平剧团里他被公认是表演水平最高的一位;还有江青在山东省立剧院时的校友任桂林等人,曾经参与《松花江上》演出的阿甲自然划归剧团。他们还招收了一批学员加以训练,并且很快开始演出。

1940年平剧团成立的直接结果是,实验剧团时代经常编演的那类京剧现代戏几乎在延安绝迹,根据阿甲的回忆,对平剧团而言,"学习传统戏、演出传统戏是主要任务",所谓"旧瓶新酒"的创作模式,因平剧团的成立就此终结。鲁艺平剧团演出的戏码,主要是《四进士》《群英会》《击鼓骂曹》《汾河湾》《玉堂春》《连环套》《四郎探母》等京剧传统经典剧目,曾经被改为《松花江上》的《打渔杀家》也恢复原样上演,毛泽东的一套京剧《戏考》,成为剧团演出传统剧目的主要剧本来源。平剧团在上演这些传统剧目时,偶尔也会做一些局部的、个别词句的修改,但剧目本身的整体风格与面貌并无大的变化。诚然,鲁艺平剧团并不只限于演出传统剧目,他们也曾经找到国统区的刊物上发表的《陆文龙》《梁红玉》等新编历史剧，加以排练演出，并且自行创作了新编历史剧《吴三桂》，以《乌龙院》《闹江州》《浔阳楼》等场次为重点组织编演了传统戏《宋江》等，但是在延安鲁艺平剧团存在的两年多时间里，传统剧目的演出占据了最重要的位置，即使是上述新编演的剧目，也无不以传统剧目为基础，看起来与欣赏传统戏并无二致。

鲁艺平剧团在延安的存在方式，说明即使在这个军事上强敌环伺且政治气氛一直非常紧张的区域里，从娱乐的角度看待戏剧尤其是京剧的态度，始终存在并且有其巨大的影响力，而平剧团的成立，恰好满足了人们强烈的娱乐需求。只要是以娱乐的态度欣赏京剧，传统剧目就必然会成为舞台上的主角。平剧团因其集中了延安以及边区有传统京剧表演能力的人员，让延安的京剧演出在经历短暂的"旧瓶新酒"阶段后，重新成为古装传统剧目的一统天下，而且激发了边区各京剧票房的演出热潮。延安以传统戏为主的京剧演出，并不是没有质疑者，1941年下半年，在鲁艺内部曾经有文学系学员对平剧团乃至于京剧这种艺术样式的存在提出尖锐批评，然而这样的质疑，并没有对平剧团的演出剧目产生多少实质性的影响。而在延安以及边区的日常生活中，尤其是在各类纪念活动中，平剧团的传统戏，都是最受欢迎的节目，一出《四郎探母》，在延安演了又演，始终受欢迎。

1941年冬天，120师政治部所属的战斗平剧社从晋绥边区来到延安演出，给延安以及整个边区的京剧演出增添了新力量。战斗平剧社成立于1940年夏秋之间，120师贺龙师长在晋西北以极大热情邀集京剧艺人和票友，组成这个从演员到乐队均可称行当齐全的剧社。得知兴县境内敌人某据点有梆子剧团演出，贺龙甚至专门派军队攻下那个据点，将戏班艺人疏散回家，留下戏箱。战斗平剧社集中了多位科班出身的艺人，因此演出水平相较延安的鲁艺平剧团更高，它转至延安大大提升了陕甘宁边区的京剧演出水平，后来才知道，这个贺龙一手操办起来并为他所钟爱的剧社之所以被留在延安，是因为他随后就要来这里。

1942年10月10日，鲁艺平剧团和战斗平剧社合并成延安平剧研究院，首任院长是中央政治局委员、社会部部长康生，中央办公厅主任邓洁担任副院长。时值边区整合，成立以贺龙为首的陕甘宁晋绥五省联防司令部，平剧研究院转而划归新成立的五省联防司令部，院长一职也改由司令部参谋长张经武兼任，陕甘宁边区文化协会主任柯仲平兼任副院长，但说康生仍是其实际领导人，一点也不为过。

延安平剧研究院是延安第一家职业京剧表演团体，它成立时发布的《致全国平剧界书》，声明其功能"一个是宣传抗战的问题，一个是承继遗产的问题"；但我们会看到这两大功能，实有虚实之分，从成立的第一天，平剧研究院的努力方向，就是让延安的观众能欣赏到高水平的传统戏。成立之初平剧院举行五天公演，招待延安各界，第一天专门招待杨家岭各机关和来宾，公演剧目是《翠屏山》和《甘露寺》。

延安平剧研究院似乎不同于普通的京剧表演团体，至少在表面上，改造京剧并为红色政权的意识形态诉求服务，是延安成立平剧研究院最直接的理由。毛泽东给《延安平剧研究院成立特刊》的出版写的题词是"推陈出新",《特刊》所载的研究院组织规程中明确指出："本院宗旨以扬弃批判的态度接受平剧遗产，培养平剧艺术干部，开展平剧的改造运动，以创造戏剧上新的民族形式。"因此，即使在剧团的组织者心目中，原封不动地大量演出传统戏也未必是他们的初衷，按照一种理想化的设计，除了满足当地军民欣赏京剧的需求以外，平剧院成立时大量演传统戏，只是为了学习掌握平剧的技术、规律，以备进行平剧研究和改革。传统剧目演出似乎只不过是权宜之计，是为将来对京剧进行改造所做的准备工作。只不过这样的设想与计划，与现实之间实有难以逾越的鸿沟。平剧研究院初建的相当长一段时间里，边区的观众的期待以及研究院的功能，基本上只限于上演在延安难得一见的京剧传统戏。至于改造云云，仿佛只能在遥遥无期的未来。

在张庚为平剧研究院成立写的一篇文章里，清楚地表现出那个时代延安从事京剧活动的诸公面对传统剧目时的两难，这一两难境地，在一定程度上可以简约为边区政府的政治诉求和普通观众的艺术喜好之间的冲突。一方面是平剧研究院为改造而上演传统剧目的宗旨，另一方面是大量演出传统剧目的现实，如何为这截然相反的两面寻求合理的解释,尤其是如何解释平剧研究院的前身——鲁艺平剧团以及战斗平剧社旨在改造旧剧却终日沉溺于他们一直声称要致力于改造的旧剧的演出,尤其是如何解释旧剧的存在,是当时延安京剧界遭遇的最大难题。张庚在《对平剧工作的一点感想》中曾经这样写道:

> 平剧也和许多别的技术性很强的艺术一样,在技术方面是有它完整的一套的。这一套东西很精致,在表现旧生活上来讲,是优秀的艺术。要批判地接受它,从旁看来,似乎很容易,只要从新观点去写新的历史剧就行了。其实却完全不是这样简单。我们轻言改造,但写出来的剧本在技术上比起旧的剧本来要逊色得多,或者简直是拙劣得多。当我们的技术是日有进步的时候,恐怕也形成了我们越发不敢轻举妄动的态度,这样一来改造的工作也就越不敢谈。

这段话道出了延安平剧研究院的初衷及其平剧改造工作推行过程中最难以解释的现象,包括张庚在内,延安的戏剧理论家和以后几乎所有倡言改造传统戏剧的理论家,都刻意地强调京剧以及各传统剧种的优势在于其"技术"且仅在其"技术",而令他们困窘的是,这些技术无法如想象那样和内容分离开来,换言之,想把技术的优势完整继承下来,同时置换艺术的内容,类似于"旧瓶装新酒"式的改造,多数情况下并不成功。于是要想让京剧受到欣赏者的喜爱,似乎只能退回传统剧目。而且他们都忽视了传统戏剧中所包含的那些伦理道德内涵的生命力,尤其是与这些伦理道德内涵融为一体的戏剧故事与人物关系、它们的情感魅力,而对这些内涵的人文价值的蔑视,是一个世纪以来倡导戏剧改造的理论家们的雄心壮志频频碰壁的主要原因之一,在此之后,他们还会继续面对这样尴尬的现实。

康生对延安平剧研究院成立之后一段时间的演出剧目选择,起着相当重要的作用,他坚持认为上演新编剧目会妨碍演员表演技术的提高,确定了研究院以学习和演出传统剧目为主的方针。根据当事人魏晨旭的回忆,1942年春,魏晨旭曾经特地给康生写信,反对"片面强调京剧技术的完美性,反对片面强调完整地学习、继承旧技术,主张加强对演员的思想政治教育,主张多写新剧本并在表演中对京剧艺术进行改造",康生的反应是,在院务会议上对魏大加斥责,并在他的信上画了许多"?""!!",多处做了"妄狂!""无知!"之类的批语。因此他说康生"是个高级戏迷,对京剧有偏爱,他对于旧京剧属于旧意识形态、具有许多落后反动的思想内容和某些低级庸俗的、野蛮恐怖的表演技术,非但不给予抵制,反而公开为之辩护和大力提倡……康生推行的保守主义路线,搅乱了平剧研究院领导干部和研究部门的思想阵线,使思想保守的人,有恃无恐地坚持片面强调完整地继承京剧表演技术,忽视甚至反对对京剧艺术进行鉴别和改造"(魏晨旭:《〈三打祝家庄〉巨大的历史成就及其严重缺陷》,《中国京剧》2002年第6期)。魏晨旭和康生的争执，后人可以有不同的评价，但是，魏的回忆从一个侧面，准确地揭示了康生的艺术观念及他对京剧的见解。因此，尽管毛泽东《在延安文艺座谈会上的讲话》提出了文艺要为政治服务，文艺工作者要与工农兵相结合等方针，并且非常尖锐地提出了对包括戏曲在内的传统艺术的改造方针，平剧研究院在延安却像是一个特殊的例外。延安文艺座谈会于1942年5月召开，它是中共后来一直坚持的新的文艺政策正式成形的一次重要会议，而延安平剧研究院却并没有因此改变其演出内容和方针。1943年春天，延安上演的秧歌剧《兄妹开荒》和秦腔《血泪仇》，成为边区新的戏剧范本，民众剧团看起来在政治和艺术两方面都比平剧院更切近《讲话》所标示的方向，所以得到更多褒扬。

延安整风，尤其是"抢救运动"全面展开的1943年年底，延安平剧研究院遭受重挫。平剧院一百多人里约有半数都被打成"特务"，罗合如和阿甲更是被调离接受特别审查。1943年12月底，平剧院奉命离开延安，到边区各地巡回演出，让剧院的演职员们去"接近工农兵"。正是在这段时间，平剧院终于改弦易辙，编创演出了一批现实题材的剧目，如京剧《难民曲》《上天堂》等；而且还开始学习利用陕北地区流行的眉户、道情等地方剧种创作新剧目，新秧歌剧和梆子都进入他们视野。这一时期出现的现实题材新剧目，也不再像鲁艺实验剧团时期"旧瓶装新酒"，完全借用传统戏的外壳。这时的平剧研究院已经不再是一个京剧团,它更像是文工团或宣传队。

虽然延安平剧研究院是边区最重要的戏剧团体,但延安时期最具影响的京剧《逼上梁山》,却不是延安平剧院的创作。就在1943年年底,延安中共中央党校俱乐部大众艺术研究社聚集的一批京剧爱好者跃跃欲试要创作一部京剧大戏。他们或许连"票友"都未必够格,但是其设想得到中央党校教务主任刘芝明的支持,并且在他的领导下最终得以完成。《逼上梁山》1943年11月上演时并没有受到多少注意,但就在平剧院巡演途中,它得到毛泽东的高度评价,1944年1月9日毛泽东给该剧两位编剧写信,称其为"旧剧革命的新开端",当平剧研究院巡回演出回到延安,这里已经有了新的京剧典范,平剧研究院在边区京剧界的龙头老大地位,轻而易举地就被一批业余玩票的人所替代。因此,平剧院一回延安就被改组,不只划归中央党校,机构也大换血,直接领导和积极推动了京剧《逼上梁山》编演的中央党校教务主任刘芝明兼任平剧研究院新院长,编剧之一杨绍萱担任副院长。

平剧院划归党校后马上复排并上演《逼上梁山》,几个月后,他们开始筹划创作该剧院历史上最重要的剧目《三打祝家庄》。

《三打祝家庄》的创作动议据说最初来自毛泽东,而且平剧院刚成立他就提出了这一建议,不过由于平剧院成立之初,从院长康生到其他主事者关注重心都在传统剧目,毛泽东的建议被无限期搁置。平剧院划归中共中央党校后，毛泽东再一次提出编演《三打祝家庄》，这一次结果不一样了，中央党校副校长彭真责成兼任院长刘芝明组成创作组，指定任桂林、魏晨旭、李纶执笔，1944年7月开始准备，1945年2月正式上演。

京剧《三打祝家庄》复制了《逼上梁山》的创作模式，创作过程历时半年有余，听从领导指示反复修改，前两幕创作完成后在党校内部预演，召开了有近百人参加的座谈会，征求意见再加修改并赶排完成第三幕。全剧于1945年2月22日、23日，分两个晚上在延安首演。《三打祝家庄》首演后不到两年的时间里，在不满五万人口的延安，先后演出了七十余场，每场观众平均多达一千五百人。据称延安的普通干部和士兵们平均看了超过三次，有的甚至看了一二十次。首演后，编剧之一任桂林以送还从毛泽东那里借来当作编剧参考书的《水浒传》为由，给当时已经成为毛夫人的江青写了封信，托她打听毛泽东看过该剧的意见。3月份收到了毛泽东的回复：

任桂林同志：

你给江青的信和还来的书均已收到。江青因病在住院。

我看了你们的戏，觉得很好，很有教育意义。继《逼上梁山》之后，此剧创造成功，巩固了平剧革命的道路。我向你们致谢，并请代向导演、演员、音乐工作、舞台工作同志们致谢。

回信是毛泽东亲笔写的，不过语气不咸不淡，显然与他看过《逼上梁山》时的反应有天壤之别。

1947年，第三次国共内战爆发，中共中央机关撤出延安，平剧研究院随之离开，转至河北束鹿县，改属在此地的华北联合大学，剧院的名称改为华北平剧研究院。延安平剧研究院的历史，就此画上句号。华北平剧院期间，更多新编历史剧陆续编排上演，其中，阿甲、任桂林编剧的《进长安》，石天编剧的《红娘子》，尤其是王一达、石天、邓泽编剧的《北京四十天》，都与时事关系密切，意在通过李自成起义推翻明朝，占领北京后却因骄奢淫逸痛失政权，借以警示即将取得全国胜利的红色军队及其领袖，可看成是《逼上梁山》和《三打祝家庄》创作理念的延续。

延安平剧研究院的短暂历史中，先后上演过差不多一百二十个传统戏，它们无疑是剧院最主要的演出剧目。1944年以后方才上演一些新编戏，除《三打祝家庄》外，其间上演的《瓦岗山》《卢俊义》《武松》《十一郎》《疯僧扫秦》等剧目，虽然也称为新编历史剧，多数只是在传统戏格局上略做增删，它们都比其他新剧目更受欢迎。

从1944年首演，京剧《三打祝家庄》就一直是平剧研究院的保留剧目。从创作的角度看，延安时期有不少京剧新创作，无论是最初"旧瓶装新酒"的《松花江上》一类剧目，还是后来的作品，唯有《三打祝家庄》被各地剧团大量搬演。在20世纪40年代末全国各地相继搬演"解放戏"的热潮中,几乎所有城市都以不同方式和不同剧种上演过这个剧目,同时有几十家出版社和书店翻印了它的剧本,它是一部真正为延安平剧研究院赢得艺术赞誉的剧作。1950年,由延安平剧研究院改名的华北平剧院归属文化部戏曲改进局,改称京剧研究院,成立时的首演剧目还是《三打祝家庄》。比它赢得更高政治声誉的《逼上梁山》盛名之下却备受冷落,从延安到北京,均鲜有上演的记录。同样打着鲜明的政治烙印,命运却两相悬殊,足见政治正确绝不是艺术成功的保证,领导人的臧否也无从决定作品的生命力。

至于平剧院建立之初,康生坚持以演传统戏为主,他的态度与影响同样值得细细玩味。1943年平剧院在延安失宠,这与他们听从康生的指示不无关系,延安民众剧团和中央党校俱乐部在当时戏剧为现实政治服务的热潮中显然抢了先机,于是平剧院就显得落后了。在"整风"中,康生的声音消失了。1949年以后,康生依然是呼吁继承中国戏剧传统的最重要的高级干部之一,直到1964年,他再度沉默。

(原载《读书》2012年第9期)

齐如山和梅兰芳关系二三事

梅兰芳和齐如山都是 20 世纪京剧领域的大师,一从事舞台表演,一从事理论研究,各有成就,互不能相掩。晚近有关齐如山的研究,渐成热点,却也不乏瑕疵,有关他和梅兰芳的关系,尤多误解。电影《梅兰芳》以齐如山为原型塑造的邱如白,把他拍成凌驾于梅兰芳之上且极具控制欲的现代经纪人,既是电影,还用了化名,自然无须认真计较;可惜学界(包括京剧研究界)提及齐如山对梅兰芳的帮助时,常常夸大其词到离谱的地步,这才值得讨论。

所谓齐如山"培养和扶持"梅兰芳的说法,大约始于 1949 年后的台湾,先有张道藩,继有陈纪滢等人,在两岸阻隔的特殊背景下,又有政治要人的推介,齐如山在台湾京剧界的地位迅速上升。改革开放以来,这些国民党高官对齐的推举渐传回大陆,有关梅齐关系的界说,不止说齐是梅兰芳新戏的"编剧",还有说其是梅剧团的总导演,甚至称"没有齐如山就没有梅兰芳"。在戏曲研究界,齐如山与梅兰芳的关系一直被用来说明表演艺术家要成就其事业，必须"学文化"，并且"向文化人学习"；最近，又有学者想借齐如山与梅的关系，论证梅间接地接受了西方戏剧观念的影响。这些看法充满了对齐梅关系的误解，而且，资料支撑几乎全都出自《齐如山回忆录》这单一的来源。从民国初年到1932年梅兰芳离开北京，齐如山常在梅府出入，尤其是1930年陪梅兰芳访问美国，对梅确实有过许多帮助。然而，了解梅齐的交往及关系，不能只听齐如山一面之词，尤其是不能只以《齐如山回忆录》为据。

《齐如山回忆录》中涉及齐梅交往的部分是否可作为信史，其内容应如何解读？恰好梅兰芳著有《舞台生活四十年》，对同一段历史有不少相关叙述，两本书出版时间相差不多，且当时梅和齐分居海峡两岸，互不通信息。两本书对照着读，可以找到很多乐趣，并且更可帮我们逼近真相。梅的回忆录，尤其是初期的大部分均由许姬传记录整理，过程中经过不少订正，曾陆续在报纸发表；齐的回忆录是他刚去台湾不久，手头没有资料可供参照的特殊背景下写的。晚年的回忆会有舛误，不足为奇，但梅的回忆既有佐证，当更近真实。举个小例，齐写梅兰芳在京城声名雀起之初和谭鑫培、杨小楼一起演义务夜戏，观众因梅兰芳误场而鼓噪，弄得谭、杨都很是尴尬，他说梅一天赶四场《樊江关》，因而从一处演完不及卸妆就匆忙上台。按梅兰芳《舞台生活四十年》里的记载，那天梅原本拟演的是《五花洞》，因为赶场不及改妆，只好带着上一场的妆再演《虹霓关》。大点的例子，齐的回忆录居然说梅兰芳因先学皮黄，没有昆腔底子，所以他"特怂恿他多学些昆腔，他倒很听话，居然学了六七十出"；按梅自述，他们学戏都是以昆曲打基础的——梅并非平民出身，以他们当时生活与艺术的通例，尤其唱旦，不可能不从昆曲学起，等不到齐来"怂恿"和教诲。这些事情，我们大约都要相信梅。如果证之以其他相关资料，确实是梅的记忆更为靠谱。

一、梅兰芳新戏的编剧

放下这些琐碎的细节，回到梅齐关系。

齐如山在回忆录里反复强调他给梅兰芳"帮了很多忙"，其中最主要的就是参与了梅兰芳早期许多部新剧目的创作。齐为梅编剧，众所周知，这大约是有关梅齐关系中，最没有争议的部分，因此我们就从这里开始讨论。

在齐如山自己的回忆里，他也强调为梅编了很多部戏。有关梅兰芳那些新戏的艺术评价，见仁见智，无法在这里展开，但这确实是梅从众多京剧旦行演员中异军突起的开端。《齐如山回忆录》有一节专谈他编戏的经历，列出他那几年里编的近三十出戏，他实是高产得让人敬佩。我们且看梅兰芳在《舞台生活四十年》里怎么说：

> 我排新戏的步骤，向来先由几位爱好戏剧的外界朋

友,随时留意把比较有点意义、可以编制剧本的材料,收集好了。再由一位担任起草,分场打提纲,先大略地写了出来,然后大家再来共同商讨……我们是用集体编制的方法来完成这样一个试探性的工作的……我刚才所说经常担任起草打提纲的这位朋友,就是齐如山先生。

梅兰芳非常具体地提到他三类新戏的编演过程,而且一直强调这是他一批"热心戏剧的朋友"共同努力的结晶。他多处提及齐如山编戏的功劳,不过他说齐是急性子,一般总是头天商量好要编某戏,"第二天已经把提纲的架子搭好,拿来让大家斟酌修改了"。比如《嫦娥奔月》的创作,《舞台生活四十年》里说齐打了个"很简单的提纲",剧本的具体编写者是李释戡,在其后的一段时间里,梅的"几位热心朋友"无数次反复讨论,才有了演出本。再如《黛玉葬花》的创作过程,《舞台生活四十年》说明这"仍旧是齐先生打提纲,李释戡先生编唱词,罗瘿公先生也参加了不少的意见,再经过几位朋友斟酌修改,集体编成的"。按梅所说,这些新戏都是他的一批"集体合作的热心朋友"编创的,从《一缕麻》始,无不如此。然而,在《齐如山回忆录》里,这些戏的创作者只有齐自己,他特别申明:"有的人说编戏者不止我一人,其实并无他人所编,倘他人所编,则我也不该掠人之美。"

读各类戏曲表演艺术大师的回忆录,很少听他们提及编剧。梅兰芳是例外,大凡帮过他的文人,除了个别在战争时期附逆的不方便提及,几乎没有不说到的,这是他谦恭的为人之道。他没有什么理由和必要,把齐如山的功劳记到旁人头上。齐如山肯定是为梅兰芳"编戏"的主要参与者之一,但是,恐怕不是唯一。

齐如山一直很热衷于编剧。他编的戏好不好呢?他在认识梅兰芳之前和之后都写过戏,除了给梅写的以外,没人愿意用;梅红了后还没人用他的剧本,更说明不是因为以前那些演员都不识货。到台湾后,他先后写了《征衣缘》《新送京娘》《勾践复国》等多出"反共复国"的新戏,倒是大都由国民党的军中剧团上演了,但也没听说哪出戏唱红了,或唱红了谁。而且,在齐的时代,"编戏"的含义与今天的编剧大不相同。梅的新戏故事与唱白都相对简单,重在如何通过剧本充分展现梅的表演手法,以吸引观众。他演的古装新戏更是多以老戏为底子,集中精力于传统经典基础上的新处理。在某种意义上,梅的新戏,重点既不在戏剧情节,也不在文辞,观众要看的是梅兰芳的表演,因此,最能显示梅兰芳的表演技能的就是好戏。齐参与的这些戏,基本都是这样的路数,同样叫"演戏",在这里,重点是"演",而不是"戏"。这些新戏是"梅兰芳作品",而不是他身边包括齐在内的众多"编剧"的作品。

《齐如山回忆录》不仅说他独立担纲了梅兰芳那些新戏的编剧,还说这二十几出戏"都得我亲自给他排演",且很多处说到他怎么给梅的新戏"安身段",如何教梅兰芳表演。《舞台生活四十年》里有梅这些新戏排演过程的详细记录,可供参照。需要补充一点,表演身段的设置,是戏曲演员创作新剧目的重要环节。戏曲和话剧新剧目创排时的关键区别之一,就在于话剧注重舞台调度,戏曲注重身段设置——因为戏曲早有非常成熟多样的舞台调度手段,演员略加发挥就已够用。梅兰芳多部古装戏以歌舞化为特色,大量繁重的舞蹈化身段是其最大特色。这些身段的设置与运用,关窍就在演员对身体的控制,非行外人所能置喙。梅的表演,既具舞蹈特色又不脱戏曲的藩篱,一招一式都从戏曲的"四功五法"里化出,可受他人启发,却不是外人所能教。就如同王瑶卿能为程砚秋"安腔"一样,梅的表演是需要"安身段"的,却不是齐如山所能为。

在齐如山笔下,梅兰芳表演时的身段都是他给"安"的。大约是写顺手了,甚至说《思凡》《寻梦》这类昆曲折子,也是因为齐"通通给他安上身段",才得到从北到南观众的认可。恰好《舞台生活四十年》说到了《思凡》这出戏,经过再清楚不过了,这本是梅早年学过的戏,后又专请京昆名票乔荩臣重教一遍。有没有齐如山什么事呢?有的,齐给提过一处意见,梅觉得有理,就听了。如果以这出戏为印证,我们大概可以知道,齐如山说他为梅二十几出新戏"安身段"时,实际的意思是什么。

梅的古装新戏中许多舞蹈身段,都有古雅的名称。我想这才是齐如山的贡献,能够从大量古代歌舞文献中找到这些文雅的表达与描述,化用到京剧表演上,把梅的许多表演都"安"上古舞的词汇,这是前人从未做过的工作。

梅兰芳多半不会去找也读不懂这些文献，齐在这方面，对他的帮助当然极大。

无论是梅兰芳还是其他戏曲演员，对戏界内外的分别是很清楚的。"外行"可以教"内行"的，近代以来，民初乔荩臣外更著名的是陈彦衡，当代有刘曾复和欧阳中石等很少几位，但他们都是极资深的票友。昆曲演员如韩世昌确实向吴梅请益，但请教的主要不是身段。戏曲表演是一项高度专业化且技术性强的舞台创造，我想不出像齐如山这样连票友都不是的人怎么"教"梅兰芳。可借佐证的是，齐如山晚年曾自我调侃，说他到了台湾，就有京剧演员慕名请他指教，最终发现他既不会唱，也不会做，失望而去。既然齐如山教不了台湾的演员，能不能教梅兰芳呢？我想答案是很明确的。

我们始终需要理解的是，无论齐如山自认为他对梅兰芳多么重要，在梅眼里，他只不过是梅心目中"爱好戏剧的外界朋友"，且是其中之一。梅家人觉得是梅成就了齐，齐的名气是借着梅起来的。在齐听来很不是滋味，但即使他自己当年也无法完全否认。离开梅，齐在京剧创作上一无所成。

二、梅兰芳访美

谈到齐梅关系，更为人们津津乐道的，是梅兰芳访美演出前后齐如山的贡献。

梅兰芳访美是件大事。假如只看《齐如山回忆录》，梅兰芳访美获得巨大的成功，不说全部，至少一大半是齐如山的功劳。但事实上，包括胡适和司徒雷登在内的许多人，都为梅兰芳访美做了大量工作，仅看梅兰芳访美时美方组成的由前总统威尔逊夫人为首，包括杜威博士等社会名流在内的后援会，就可以知道，这远远超出了齐如山的视野和能力。在赴美演出前，齐帮梅做了许多资料，齐如山专为此撰写的《中国剧之组织》，至今仍是介绍京剧乃至戏曲的最好的读物之一，他还编撰了不少有关京剧和梅兰芳的介绍文字，包括珍贵的图谱。但这项工作实际上也是一批人完成的。同样重要的还有刘天华翻译《梅兰芳歌曲谱》，等等。梅绍武在回忆其父亲的文章里特别提到的张彭春，更是不容忽略的关键人物。

张彭春曾经留学美国，爱好戏剧，了解美国戏剧市场，与美国多位有影响力的戏剧界人士有过交往。张并不是梅剧团成员，但让人不得不产生一点疑惑的是，何以就在梅兰芳赴美同时张彭春也去了美国，我隐隐觉得那并不是偶然；尤其是梅初到美国，中国驻美公使在华盛顿为他举办的欢迎酒会上就有张彭春，恰在这个场合，梅决定礼聘张彭春为梅剧团安排在美演出事宜，并请张帮梅剧团全部重排了演出剧目，由他担任导演和舞台监督，等等。在梅兰芳赴美演出的五个月里，和美国方面所有沟通与交往，都少不了精通英语并熟悉美国戏剧界的张彭春。

按《齐如山回忆录》，梅兰芳访美"一切事情都是我筹备的",他不仅为梅做了所有文字资料的准备,还包括筹款等。而访美之所以没有赚钱,完全是因同行者捣乱,回忆录不仅不提张彭春,还隐指他是破坏者之一,尤其是同行的黄子美(似乎就是那位曾经为新月社出资、管账,深得徐志摩和胡适信任的那位)更被直斥为小人。然而,即使是和齐自己当年撰写的《梅兰芳游美记》相对照,也可以知道回忆录与事实的出入多大。《回忆录》说他本已帮梅在北京筹得五万左右经费,路过上海时竟遇梅的朋友们横加阻挠,险些无法成行;然而《梅兰芳游美记》明明说冯幼伟(耿光)等人很快就从上海筹了十来万经费,非常顺利。而对梅兰芳当年的生活与艺术略有了解的人都知道,一直到1949年为止,梅兰芳在经济上都非常信任与依赖冯耿光,访美筹款这类事,漏掉了冯,反倒让齐如山来操持,完全不可思议。

更有趣的是,提到梅兰芳访问日本,齐仍习惯性地写道:"一切都是我筹备的……"可惜,他说梅在日本受到优待,"并特许在帝国剧院出演",殊不知邀梅演出的就是帝国剧场,尤其梅第二次赴日,更是帝国剧院地震后重张的揭幕演出。他完全在状况外。

从《梅兰芳游美记》起,齐就开始无数次强调梅兰芳访美"一切事情都是我筹备的",说多了,大约连他自己都深信不疑。至于梅兰芳是否认同齐的表述,就不得而知了,梅并没有在公开场合澄清过。梅是个厚道的人,不过我们看到,自梅兰芳访美归来,梅和齐的关系就出现了微妙的变化；1935年梅兰芳访问苏联时仍然请张彭春担任总导演，却没有请齐一起去，齐说自己"因他故未去"，多半是自我解嘲罢了；只不过，齐依然说这"都是我筹备的"，全然忘记了那时他和梅已经分道扬镳。

我想，《梅兰芳访美记》既于1933年出版，梅齐的心结已经无解。

三、有关《汾河湾》

齐如山与梅兰芳保持了很长时间的友谊，他们当然是艺术上的挚友。他们的相识充满偶然性，确实不失为中国现代历史上的一段佳话。但恰好是这件事，可以成为我们理解梅齐关系的钥匙。

《齐如山回忆录》对梅齐最初相识的描述，多年来颇为人引用，参照《舞台生活四十年》，大的方面倒非常吻合。按齐的叙述，他从国外回来后，偶尔被拉去看梅兰芳的戏，印象并不甚佳。某日看梅演《汾河湾》，"进窑"一场，他认为梅在其中的表演"殊不合道理"，回家后就给梅写了封长达三千字的信。按他的回忆："发过信后，自己想也不过随意写着好玩儿，不见得有什么效果。过了十几天，他又演此戏，我又去看，他竟完全照我信中的意思改过来了，而且受到观众热烈的欢迎。""由此兰芳就信我的话，我怎么说，他就怎么改。"他并说有一次梅和谭鑫培合演《汾河湾》，演至该段，观众群起喝彩，令谭惊异于梅新颖的表演。

《汾河湾》是老戏。它原本是旦行戏,柳迎春是主角,时小福的表演最为人称道。因谭扮演薛仁贵且演得出彩,逐渐就变成老生戏;又因为他常与王瑶卿合作,王也有其精彩,又成为生旦并重的戏。因为工力悉敌,谭但凡演《汾河湾》,一直到他离世之前,一般都找王瑶卿演柳迎春,且极得好评。

谭梅合演《汾河湾》比较少见。梅兰芳当然也演《汾河湾》,1914年以后,梅兰芳和王凤卿合演最多,同样得到很高评价,1918年梅社编的《梅兰芳》,只说该戏是梅与王凤卿合演。摘一段张厚载(聊止)《听歌想影录》中的评论:

> 王凤卿、梅兰芳之《汾河湾》,剧本结构之优美,已为多数评剧家所公认,兰芳饰柳迎春,眉黛间表现一种幽怨之色,思夫望子之表情,面面俱到。盼子一场唱,珠圆玉润,宛转有致,进窑后,作派处处入神,其细腻熨帖,除瑶卿外,殆无人可与比肩……王凤卿、梅兰芳演此,最能动人心目,盖精彩异常,到底不懈也。

这里记的是1915年曹汝霖借那家花园办的一场著名的堂会。其中特别提到,梅进窑后的表演,"除瑶卿外,殆无人可与比肩",说明他并不认为梅的表演超过了王。张聊止这部笔记体书籍,从1913年开始,对很多当时的好剧目、好演员做了细致精到的评论,没有一字提到梅演《汾河湾》时做了什么改动。

我们再看梅和谭的合作。民国初年,谭与梅在堂会里一起演过几次《汾河湾》。在那个年头,谭和梅的演出都为报纸所热衷,果真梅有新演法,而且还让谭惊异,戏评家们必会大加渲染,但是到目前为止,我还查不到这样的报道和评论。有关梅谭合演《汾河湾》,一直流传很多八卦。一说他们合演《汾河湾》,"出窑"一场梅本来应该走"杀过河",但是他走错了,以致两人撞在一起,谭在场上现抓了句词挤对他;另一说如《菊部丛刊》中燕山小隐所写:

梅兰芳以伶界世家,蜚声歌场,聪明则有之,精到则未也。嗓音圆固不及陈德霖,高又弗若余紫云,拟以盛时王瑶卿,相去尚远,方以昔日吴彩霞,亦似稍逊。只《玉堂春》《女起解》《宇宙锋》等戏,为梅雨田在日所教授,尚存紫云遗规。此外青衣戏则杂以花旦态度,花旦戏又加以青衣唱法,于是有花衫之目。民国三年,与谭氏初次配戏,唱《探母》,紧板气力不敌谭氏,竟至落后。翌日演《汾河湾》,有"寒窑中喝的是白开水"句,梅将白字读如"拨挨",谭答云,"敢莫是白开水?"白字应读如"拨我",盖当面纠正也。梅氏念字,京音甚多,为方家所不取。近年以来,除排演《葬花》《奔月》等戏外,又从路玉珊学《樊江关》《醉酒》

《梅玉配》一类戏,而《风筝误》《思凡》《和番》一类戏,又请陈德霖为之指授,昆曲字音尤难,更似未臻精到也。

这段话写得极好,但细节不尽可信,比如梅并不是1914年才初次和谭配戏的。

梅兰芳在《舞台生活四十年》里特别指出,有关谭梅合作的这两个传闻都是子虚乌有。演戏是梅的职业,《汾河湾》这样的老戏,居然读错了字或错了舞台调度,都是大事,所以要专门更正。

《舞台生活四十年》里专门有一节谈《汾河湾》的表演,没有说齐如山让他改的那些身段有多好。梅兰芳说《汾河湾》的表演,从来都说他是按王大爷即王瑶卿的路子演的,王又是按时小福的路子演的,从时小福,经王瑶卿到梅兰芳,一脉相承,梅从未因自己有新创的动作和表情而夸耀。

至于这封信对梅的表演的影响,梅兰芳提到过的,他说:"我看完了这封信,觉得他说的有对的地方,下次再演这些,或者在同类的戏里,我就按着他的提议修改了。"但是他并没有觉得这有多重要。因此,纵然齐如山给梅写的第一封信确实让梅对《汾河湾》的表演做了一些细节上的变动,也看不出有多大实际的意义。作为戏迷的齐如山,看到自己的信居然真在演员的表演中起了作用,固然是欣喜异常;然而我们都知道梅兰芳本是个喜欢在身段上经常做小修改的演员,类似的改动,在他的艺术生涯中不胜枚举。梅兰芳听从齐如山建议改了《汾河湾》,于齐是平生一大得意事,因而三十年后还能背出这封信的大致内容,但是于梅,小事一桩而已。在这样的事情上,读者还是得信梅,切不宜跟着齐如山的一面之词跑。更何况我们从哪里也得不出如齐自己所说的那个结论,无从说明从此以后"我怎么说,他就怎么改"。一封几千字的长信,梅看了后,觉得里面"有对的地方",如此而已。

《齐如山回忆录》之所以特别提及《汾河湾》,主要是想说明这个事件奠定了齐梅关系的基础——齐对梅始终居高临下,是帮忙人和指导者。连和梅交往都是屈尊俯就。把这样一件小事的意义无限放大,对梅兰芳很不公平,也会在京剧表演艺术成熟与发展过程的理解上引申出错误结论。不过我们可以理解这件事对齐的意义,可以明白为什么他如此在乎这件事。

四、如何读懂《齐如山回忆录》

《齐如山回忆录》写他人和梅兰芳的关系,总是忍不住或明或暗地贬损几句,说到自己的功绩,虽然有时也半遮半掩,却总会拐着弯子说充分了。一部回忆录写成这样,大约有很多方面的原因。说轻了,他是仅凭记忆在回叙,细节有所出入不足为奇;说重了,他是仗着远离大陆，身边没有知情人，就可以大胆虚构。这还与写作方式有关，齐如山大约是把回忆录当成小说一类读物写的，比如他说自己离开大陆前和梅谈话时，曾直言批评梅当时拍的几部电影破坏了京剧规律，谈话的经过及语气活灵活现，似是实录，然而随手就加了个说明——其中批评的两部电影，实是他去了台湾后才看的。这让人有点无语。

我始终认为齐如山是现代京剧研究第一人，学术成就无人可比。齐如山有关京剧乃至于戏曲的著述，有材料，有见识，远超同侪。只是涉及自己和梅的关系时，未免有点"执"，正所谓"关心则乱"。齐如山之所以会如此夸大自己对梅兰芳的影响，原因是他心里有股不平之气，他在与梅交往过程中，尤其是访美过程中，积累下许多委屈。

我们确实可以为齐如山抱点屈。从民国初年起，齐一直贴在梅身边，几乎全身心地、完全以牺牲与奉献的态度，帮助梅出主意，打本子，给予梅许多戏曲、舞蹈知识上的帮助。差不多有二十年时间，梅几乎就是齐的生活的全部。齐对梅真可谓尽其所能，他当然是不求回报的。大小明星身边都围着粉丝，但像齐这样的铁杆实不多见。在为梅做这些事时，齐没有功利心和企图心，完全不求回报，既不想借梅赚钱，似乎也不是贪图梅之美色的"老斗"。然而，在梅的角度看，齐只不过是多年里一直在他身边的无数梅迷中的一个，是梅所需要和愿意接受的梅党中的一员。齐帮梅做了很多，但同时还有很多人在帮助梅。梅党成员间当然是会有矛盾的，除了意见不一，还不乏类似后宫争宠般的争风吃醋,梅要平衡这样的争执,最好是能完全摆平,在无法消除相互争执的时候,就不得不有所取舍。在出国演出这样的场合,梅只有舍齐,在梅这只不过是无奈,而对于局中人,这是多大的打击,我们可想而知。

在成为梅党一员之后的若干年里,齐在梅党里的位置并不靠前。梅身边有一群文人,其中李释戡、樊樊山、吴震修、易实甫、罗瘿公等人皆名重一时,无论社会地位还是在梅党中的重要性,都超过齐如山,更不用说离京前的张謇。其中,像罗瘿公,《齐如山回忆录》说他很少到梅家,看《舞台生活四十年》就知道并非如此。齐说樊樊山只到过梅家一次,简直就像说梦话。梅党的核心人物还有另外一类人,如冯耿光,他不仅是梅的大金主,是梅财产的经理人,且是最早把梅捧红的人之一,在梅党中的地位无可撼动,对梅的影响也最大。所有这些人都比齐重要得多。齐的优势只在于他没有正当职业,因此有更多时间和精力围着梅。如果说齐早年是习惯并安于他在梅党中这一位置的,那么,他的心态似乎因一位新人的突然出现(并且更受梅重视)而失衡。张彭春对美国的演艺市场有足够的了解,既谙熟英文,又有在美国留学的经历,和美国学术界和戏剧界交流无碍,因此,在整个访美演出期间,齐的风头完全被张抢尽,几成梅剧团"多余的人"。这股怨气逼出了《梅兰芳游美记》,而且这口气直到去了台湾还没顺,于是会有《齐如山回忆录》里那么多有意无意的失误。

因此,《齐如山回忆录》里上述大量有关梅齐关系的史料失误,怕不能全用疏漏解释。要追究梅齐关系真相,还需要透过文字表面,看到他内心的纠结。我始终很持怀疑态度的一件事,就是他当年写的《梅兰芳游美记》署为"高阳齐如山口述,女香笔记"。这里署为记录者的是他女儿齐香,后在北京大学西语系教法语。遗憾的是我们已经无法向她征询,齐如山一辈子写了那么多书,为什么唯独这一部写他刚刚亲历之事的著作,却不肯自己动笔,反要劳爱女记录?他越是反复自辩不是在"丑表功",越不免让人有"此地无银"的猜度。如果说以前他有关梅兰芳的著述,都是他作为一个"梅迷"真诚无私的奉献,那么,恰因为在访美期间,他的心态发生的微妙变化,他感觉自己吃了大亏,不肯就此罢休,所以才会有这部书。但我猜齐如山依然保有传统文人不擅自夸的美德,所以他才要刻意托笔他人。心里既有杂念,就有顾忌。如此奇怪的署名方式为的是遇有质疑,好歹有个退路,可以用"记录"者做挡箭牌。

梅兰芳《舞台生活四十年》和《齐如山回忆录》,都是梅兰芳研究者最常用的材料。但只要细细比对两部书的记载,就会发现许多地方有很大出入。如上所述,这些有出入的地方,充分说明了《齐如山回忆录》之不甚可靠。我们需要慎重对待齐如山的自说自话,通过相关文献的考订,重回梅齐关系的真相。这不只是为了准确界定齐如山的历史贡献,更关系到对梅兰芳的评价,理解梅兰芳取得伟大成就的原因,总结京剧近代以来的发展经验。同时这也提醒我们,对所谓"口述历史"要多一分警惕,用回忆录做史料前,须先做校订,通过旁证方能确定正误真伪。几年前,我在山东大学与同门合带的一位博士生就以齐如山为论题,我曾多次提醒他注意资料甄别,结果并不如愿;想起我的前辈学者苏国荣先生,也有相似的遭遇。但我们也不能全怪后生学子粗疏轻信,谁能想到,像齐如山这样的知名学者,一部回忆录里,竟然藏着那么多机关?

(原载《读书》2013年第4期)

电影《梅兰芳》的联想

美国芝加哥大学的电影系世界闻名，这里又有东亚研究中心，聚集了一批研究中国戏曲的学者，于是衍生出一个跨学科的戏曲电影研究群体。陈凯歌新拍的电影《梅兰芳》虽然不算戏曲电影，但既是电影又以戏曲大师梅兰芳为主人公，恰好我在那里访学，东亚中心的蔡九迪教授邀请我和她一同主持有关电影《梅兰芳》的讨论会。

去美国之前我并没有看这部电影，还曾经对媒体说那是因为"没有期待"。倒是在美国补了课。以我一个本不抱什么期待的普通观众的角度评价，这电影好得超乎想象。要把生活内容极其丰富的梅兰芳拍成一部电影，难在剪裁，难在如何平衡梅兰芳的戏和他日常生活的分量。电影用了四个片段，东拉西扯地做了一个完整的东西，每段都有可看，还有悬念，难得。据说好莱坞的传记片也鲜有好看的，相比起来，《梅兰芳》就算是中上之品了。

我不懂电影，所以不能和研究戏曲电影的同行们谈电影，只能谈梅兰芳。电影就是电影，不能要求它按历史拍。但是既然拍的是梅兰芳，将电影与他的生平及那段历史做些比对，也不为过。

电影里的十三燕，用的是谭鑫培的原型，不必多少京剧知识就可以看出。十三燕的架势摆得真有点伶界大王的霸气，包括他的语气，是那范儿。电影写梅兰芳和十三燕打擂台，最终，十三燕输了，于是竟然咽了气。这事当然是虚构的。梨园行里的人，从小就在行内接受教育熏陶，而又因为梨园行始终在社会上不受待见，内部的行规就更受重视——处于社会边缘的群体都这样，梁山好汉造反是对社会秩序的破坏，但是内部的规矩与秩序感，更超乎外界，不然就无法在江湖上立足。盗亦有道，这道的核心，就是一个"义"字。梨园行也算是走江湖的，梅兰芳之所以深得同行推重，就是因为他无论对前辈还是晚辈，都把这"义"字放在前面。谭鑫培是精忠庙会首，是他以及整个梨园行敬重的前辈，假如梅兰芳真和他打对台而且还把他气得魂归西天，那么，说重了，梅当时就得找根绳子勒死自己以谢罪；说轻了，这一辈子，他的心里是过不去这坎了。如果不是这样，他不知进退还想唱戏，也没门，就算他是多大的角儿，也一定会被整个梨园行唾弃，从此以后，有点良知的同行，都会坚拒和他同台演出；每年过年艺人们大联欢似的义务戏，也不可能再派他的角色，而作为艺人最终归宿的义冢，就没了他那块地。梨园行从此就没了他这一号。

在电影里，市井之徒挑动谭鑫培和梅兰芳打对台，梅就允诺了。或许有年轻气盛的晚辈，受激不过，会答应和前辈打对台，但那绝不会是梅兰芳。他对长辈极其恭谨，倒是说有一次偶尔他和谭在不同的戏园子里演出，暗地里有点对台的意思，结果谭的生意受了影响，为此梅内疚多年，终于找到机会向老人家赔罪。这才是梅兰芳。清末民初，正是北京城里京剧市场红火的年头，不同的戏园里不同的角儿在演出，要说各自心里没有一点"别苗头"较劲的意思，倒也未见得；但当面说"我们打对台"，尤其是晚辈和前辈之间，且不说于梅兰芳绝无可能，就是放在一般的轻狂后生身上，也不容易说出口。20世纪30年代程砚秋到上海演《锁麟囊》，坚持要定票价为一块二，行内人都隐隐觉得是冲着梅兰芳来的，要比卖一块钱票价的梅高出一头。他或许始终在和梅争，但都是暗争，不会放在台面上。农村里演戏，好事者促狭，故意邀请两个戏班在对台演唱，这类事情当然有，也经常被后人引为谈资。身逢此境，戏班子和角儿们不得不施展出浑身解数以吸引看客，观众忽而拥向这边忽而拥向那边，热闹倒是热闹，可是在戏班的眼里，那不是在唱戏，是在玩命。

但电影里这段戏的处理，也不是没有意外的优点。至少电影没有要糟蹋谭鑫培的艺术的意思。即使按电影里的叙述，梅兰芳也不是用艺术打败十三燕的，他靠的是新颖的传播手段。尤其是电影里梅那段《一缕麻》，实在不值得恭维。假如梅兰芳用这样的戏就能够打败十三燕，那京戏也太容易唱了。至于运用各种宣传广告，把一些不明真相的观众忽悠进戏园子里，那也不是不可能，但这种竭泽而渔的行为，大约不会是梅兰芳所能为。既然十三燕输在这道上，也不算冤——十三燕有句台词："今儿这戏没毛病啊？"是的，没毛病。谭鑫培唱一辈子戏，也有票房不好的时候，他的伟大并不因此而稍减。顺便提及，我不太赞成电影里那样"埋汰"北大、清华的学生，当年北大、清华的学生和今天不同，都是戏虫子呢，精得很，他们见过的角儿不比市民们少，很难被一两句捧场话煽乎得昏了头。

梅兰芳和孟小冬的戏，是电影里浓墨重彩的戏核，这孟小冬总算用了真人的姓名。梅孟半公开半地下的婚姻，一直为人们津津乐道，是当年小报极感兴趣的八卦题材。电影里的梅孟之恋，用许多笔墨，拍得颇有民国时代大学生凄婉爱情的味道，足以与琼瑶爱情小说相匹敌。可惜那就不是梅兰芳和孟小冬了。孟小冬出身于梨园世家，打小学唱京戏，她又不是外地来追星的女大学生，哪能不知道北京话怎么称呼"梅大爷"？梅党中人撮合他们的婚姻，她不便和梅兰芳的正房妻子王明华争，但结婚时说好了是和福芝芳"两头大"。福芝芳固然不愿意，但没有权力阻拦。福芝芳和孟小冬都是唱戏出身，福芝芳嫁了梅兰芳，安心在家相夫教子，孟小冬一颗唱戏的心却没有死，虽然说是嫁了梅，最终还是进不了梅家，又渐渐觉得自己的名分并不清晰，一气之下就应了人的约去天津，重新登台唱她的须生，公开声明和梅兰芳脱离关系，他们这一段堪称绝配的婚姻就此终结。梅兰芳也不为自己做什么声辩。不久孟小冬在武汉演出时，梅卖了他家无量大人胡同的房子，托人把三万块大洋送去给孟小冬，算是了结。他并不计较是孟小冬先离开他，这就是梅兰芳做人的风格和气度。孟小冬离开梅兰芳后潜心艺术，随余叔岩学戏，海内外咸称她为余派最好的传人，于是有"冬皇"之誉。那当然是离开梅兰芳以后好久了。和梅兰芳这段失败的婚姻，这哑巴亏终究还是吃不下，后来她嫁了杜月笙做姨太太，条件之一，就是要大摆酒席，广而告之，让"地球人都知道"。

电影里邱如白贯穿始终，是仅次于梅兰芳的重要人物。假如离开梅兰芳与历史上的齐如山的关系看这段戏，一个伟大的艺术家与他身边的人之间的矛盾，很发人深省。但是它太容易让人联想到齐如山，是的，邱如白的身上有齐如山的影子，而且不仅仅是影子。既然用了化名，编导大有对史实加以改造的权力和空间，外人无权置喙。不过，齐如山，值得好好说说。

齐如山早年在同文馆学德文和法文，因庚子事变学业中断。但总算喝过点洋墨水，在清末会点外文的人很是吃香。庚子年八国联军进了北京城，他借着懂德文，和德军有些往来，晚年专门写过文章澄清赛金花的经历，他坚称赛金花当年只不过一个普通的妓女，不可能攀得上德军统帅瓦德西，而且还明里暗里指称，赛金花最多只能和德军的中尉、少尉等低级军官往来，所以才厚着脸托他帮忙拉皮条，介绍中上层军官的生意，让他很是为难。

因为没有学历，齐如山没有当成官，更没有做过司法局长，在那年代，司法局长如果要捧个"戏子"，就没有必要辞什么职了，那是雅事，尽管捧，丝毫不影响仕途。在齐家兄弟里，他算是不得志的，弟弟齐寿山倒是在教育部里任了职，就是鲁迅日记里经常提到的那位。鲁迅一生没有几个朋友，许寿裳和齐寿山，就算是难得的知己。齐如山当不成官，看当年社会混乱，正是做生意的好时机，于是转而经商，在东城一带开了家粮铺。没错，他早年帮欧洲的中国公司送劳工到国外，见识过欧洲的戏剧，据说也真在伶界联合会做过有关戏剧的演讲，把京戏说得一无是处。但是既然在北京，不免被朋友拖去看京戏，先是觉得有那么点意思，再后来看了梅兰芳，就丢了魂，于是开始给梅兰芳写信。梅兰芳当年的身份，比起如今在电影里扮他的黎明，不知道要高多少，现实中的黎明会因为东城区某位粮店老板给他写了封信就激动得跑上门去请教吗？当然不会。梅兰芳更不会，那些信，看大约是偶然会看的，他对他的戏迷向来很好。齐如山也是个有心人，坚持去看梅的戏，坚持写信，两年里写了百十封，终于有一天，接到梅兰芳的邀请，请他进梅家聊聊。那时梅兰芳家里，吃饭都开着流水席，整天有太多人进进出出，既有梅的知交，其中不乏头面人物，也有傍着梅混饭吃的，一个人跑江湖，本来就需要各类人等帮衬。齐如山既被梅家接受，这个群体里也就增加了一个人。

　　齐如山的人生轨迹从此彻底改变。以后他就成为围绕着梅兰芳的所谓"梅党"里最执著的一位，而且他最自豪的是，他之追随梅兰芳，是超功利的，不图梅家什么。

齐如山对梅兰芳的帮助，确实不小，但是近年里一些研究也不乏夸张之说。2007年我指导山东大学一位博士生的论文，题目就是齐如山戏曲美学思想的研究，他论文里提到齐如山是梅兰芳的"舞蹈导演"。我曾经提醒他，现在我们看到的所有齐如山如何为梅兰芳写剧本、编身段等的事情，几乎全部来自齐如山自己的回忆，而很少从梅兰芳自己以及他家人的回忆中看到可以佐证的相关内容。

齐如山为梅兰芳编新戏，史有可征，不过那年代的编剧和现在不同，叫攒戏或打本子，编出一个提纲，然后梅党的成员们，还包括演员、琴师们一起，商量着往里填内容。就算是编提纲，也很重要，那个时代，很少有文化人愿意这样投入地帮助艺人攒戏打本子。齐如山虽不算是多有名的文人，至少国学还有点造诣，对梅兰芳，就很难得了。至于表演时的身段，外人提点建议是可能的，但主要得梅兰芳自己去琢磨，恐怕不是齐如山所能教的。1949年以后齐如山在台湾，已经是京剧研究大师的身份，时有京剧演员登门请教，最后无不失望而归，用他自己的话说，我既不会唱，也不会做，没有什么可以教你们。这算是一个佐证。到台湾以后，齐如山也写过一些京剧剧本，那就完全是他的个人创作了，没有什么让人佩服的地方；在给梅兰芳写本子前他也写过几个戏，给当时京城里二三流的演员，也没有得到过好评。至于说他是梅兰芳创编新戏的"总导演",那是齐如山的一家之言夸张出的结论,用如今台湾的流行语说,简直"太超过了"。

梅兰芳一生敬重的外行有两位,一是南开大学的教授张彭春,一是电影导演费穆。1930年去美国,梅兰芳一路对张彭春执礼甚恭,齐如山觉得相比之下被怠慢了,梅家人的回答更让他怄气,那弦外之音说你是靠我们梅家人才有的社会地位。齐如山一气之下写书详细叙述他对梅兰芳访美的贡献,虚浮之辞甚多,梅兰芳当然不会去回应,这也是梅的风格和气度。而在那种情势下,激愤不平之中,齐如山为自己多说几句,不算什么出格,后人做研究,就须学会辨别,那是做学问起码的功夫。

但齐如山在京剧研究领域,堪称不世出的大家。齐如山简直是一个异数,他接受的教育很零乱,没有受过任何学术训练,从他的著作里,看不出他读过哪些专门的戏剧理论书籍,除了那些被他看不起的品花谱以外。西方学术名著更是无缘接触。但是在清末民初,在京剧还不为人们所关注的年代,竟然做了那么多与京剧有关的调查,访谈演员时得到的知识,还能做些辨析真伪的工作,并且搜求了大量珍贵的京剧历史文献,去台湾后还做了理论的总结——他说中国戏剧的特点是"有声皆歌,无动不舞",简单直白,却是至今有关戏曲表演规律最好的总结。他是20世纪京剧研究领域最重要也最有成就的学者。他那从政的弟弟,不知道当年是不是为这个不求上进的哥哥叹过气,可是造化就这样弄人,历史上留名的恰是这位在粮店里的小老板。

梅兰芳去上海,齐如山很反对,他认为上海没有懂京剧的人,用现在的话说,太商业了,会毁了梅兰芳。但梅兰芳没有听他的,也不会听他的。自始至终,他只是梅家成天包围着梅兰芳的众多身份各异的谋士里的一位,分别以后,就基本上没了什么往来。电影里让他后来去上海劝梅为日本人唱戏,那我们就权当是邱如白的事儿,不必往齐身上靠。

抗日战争爆发,战火逼近上海,梅兰芳不再唱戏,上海沦陷,他再避到香港,香港也被日军占领,他甚至开始蓄须,都是为了不给日本人唱戏,气节可嘉。电影里写了梅兰芳面对日本人的逼迫如何勇敢地反抗,颇为感人。那当然也是虚构。按梅兰芳的性格,他最好的选择就是想方设法躲避,不给日本人机会,就是因为假如真发生了正面冲突,他没有反抗的能力。1935年梅剧团应邀去苏联演出,其他人都坐火车从东北去海参崴,他自己却绕道坐轮船,据说原因之一就是为不必经过日军占领的东北,他担心路过东北,日本人或会挡住他,强行邀他上台,那他就无可推托。解放后他要对"戏改"表达自己的异见,提出"移步不换形",但他不会在北京当着戏改局诸公提,是离开北京路过天津时,对一家报纸记者说的。那也是一例。

他是一个艺人。如果不论情节与史实的关系,电影里表现梅兰芳的言语行为,颇为可圈可点,至少没让他说出什么激烈言辞，梅兰芳一生平和，虽然内心很有主张。这也是整部电影里最好的一段，日本人和邱如白劝梅兰芳登台演出，他们那些理由，并非全是堂而皇之的借口和托词。站在各自的立场，对同一事件会有不同的理解，日本人占了大半个中国，这时候梅兰芳应不应该登台演出，继续他的艺术生涯，并不是简单的是非选择题。何况涉及日本，更加复杂。日本人对梅兰芳的崇敬，不下于国人。当年欧美报章有文章说梅兰芳有五亿狂热的爱好者，指的就是四亿中国人加一亿日本人。所以，即使日本人想让梅兰芳演出，也不必都看成侵略者为了战争而做的圈套。电影里的日本军官佐藤，就让人看到了这另外的一层。超越一时一地的民族冲突，好像他的话更义正词严呢。

日据期间拒绝演出的梅兰芳和程砚秋等人是值得敬仰的，但是并不能说那个时代但凡唱戏的就都是汉奸、卖国贼或软骨头。无论我们是否会感到尴尬，日据时期，各地的娱乐业并不像我们想象的那样萧条，而是相反。那是因为多数艺人都在唱戏，"商女不知亡国恨，隔江犹唱后庭花"，没错，但他们只是普通的"商女"，他们要谋生。联想起电影《叶问》，日本人来了，武术宗师叶问的徒弟做了日本的翻译官，帮日本人找佛山的拳师们比画，叶问在街上遇到他，骂他"汉奸"，徒弟委屈地顶撞师傅："我不是汉奸，我要吃饭的啊。"仔细一想，也对，他为日本人做翻译，和叶问为日本人的煤矿做工，有本质区别吗？翻译官在抗战题材艺术作品里都是清一色的汉奸，这位不是,也让人信服。

为什么梅兰芳不唱戏我们都知道,为什么其他人可以唱戏,我们很少听人正面阐述其理由。这是电影《梅兰芳》在不经意间表达出的深刻。在一个很容易把人物往高处拔的情景里,编导抑制了这样的冲动,反而努力虚构了另外一种与之相对的理念。把人塑造成英雄并不难,难在把英雄的行为界定为他个人的操守与选择。因为在这样的场合,假如只顾着无限放大梅兰芳抵抗的意义,那就挤压了其他人的生存空间,那些仍然唱戏以谋生的演员们,又将何以自处?就像江青抓"样板戏",参与其中的京剧艺术家们,并不是只能分为与"四人帮"做斗争的英雄和"四人帮"的爪牙两类,绝大多数京剧演员,做的还是艺术上的事儿。

《梅兰芳》是一部电影,只能按照电影的标准去要求,不必因其不符合史实就称为"硬伤"。但是既然拍民国年间的梅兰芳,或许有一点小小的要求是可以提供给编导参考的,那就是如何营造与把握历史感。艺术不能以史实为标准,它所遵循的原则不是历史的已然性,而是历史的可能性。金庸小说都以历史为题材,有大量的虚构,却和史书一样令人信服,就是由于那种深入肌理之中的历史感。回想到《梅兰芳》,它的缺点不在于许多细节不符合史实,而在于对于民国年间戏班人事的麻木和漠然。让人感慨的是,时光过去了不到一百年,一代电影人里的佼佼者,就对当年的历史境况如此缺乏感知。孟小冬那座幽雅的庭院,固然很适宜发展梅孟浪漫的恋情,可是民国年间梨园行里的一个姑娘,怎么可能单身独住?且不说左邻右舍的闲言碎语,家里人如何能放心得下?下次如果拍类似的电影,拜托一定让她有个使唤的老妈子,那也不耽误她的生计与婚姻,还能帮她打理家务,让她可以专门于爱情与艺术。那样,或许能拍出一部更好看的《梅兰芳》。

(原载《中国图书评论》2009年第8期)

红伶残稿，可留真香
——读荀慧生《小留香馆日记》

一

很难想象，出生在贫寒家庭，从小就被卖到梆子戏班里学戏且一辈子以演戏为生的荀慧生，从青年时代起就开始记日记，且持续数十年而不辍。从1925年到1966年的四十多年里，《小留香馆日记》累积了多达四十四本（一说四十五本）。更令人惊奇的是，这批日记历经劫难，在社会剧烈动荡和政权几度更迭的数十年里得以保持全貌。"文化大革命"中荀慧生受到冲击，包括日记在内的大量财物均于抄家时被掳走，"文革"结束后家产被发还，珠宝失落不少，这批日记居然完璧归赵。悲剧却在意想不到的时候发生，荀慧生的《小留香馆日记》没有毁于战火和乱离，甚至都没有毁在红卫兵手里，却在荀家其后的析产过程中失落了大部分，至今不知所终，令人扼腕叹息。现在我们找到的，只是残存的六册，其中又包括两部分，一为20世纪20年代后期至30年代初，一为40年代，中间有多年的间断。不过，这六册日记记录的恰好是荀慧生艺术上最辉煌的年代，前一阶段，恰逢他从一位初获声名的演员成长为名家的重要转折点；后一阶段，更是他人生的顶点，这是他一生中享誉最盛的时期。越是在这样的时期，他所遭遇的各类纷扰越多。因为无从得见全璧，我们很难武断地判定其他部分是更精彩抑或较乏味，但仅从这一部分看，《小留香馆日记》已经堪称一部奇书。它所具备的独特且无可替代的历史价值，不仅仅存在于文献层面和艺术层面，更存在于社会学方面。说它是民国年间伶人生活的一部别样的百科全书，恐怕也不为过。

北京戏曲职业艺术学院的和宝堂是位有心人，几年前，他们就开始整理《小留香馆日记》这残存的六册，整理本随之开始在少数业内朋友间流转。上海东方卫视梨园频道的柴俊为先生为此做了一档专题节目，我因接受访问，开始接触这部珍贵的日记，并且逐渐认识到它的价值。我一直鼓动整理者让这部日记正式出版面世，现在看来，我的期待越来越接近于现实。

我有幸在日记正式出版之前，就先于普通读者看到它的原文，心情十分复杂。我想大概不能用"先睹为快"来形容，用"震惊"都不足以描述我的感受。这里所说的"震惊"，首先是震惊于日记的主人居然将他的真实生活如此赤裸裸地呈现在我们面前；其次，这些未经粉饰的内容，和我们以往所知的荀慧生的形象，实有太大反差。仅就这六册日记而言，荀慧生当年的生活状况，完全超出了我此前对这位名伶生活的想象与理解的极限。我不知道当这部日记面世后,是不是很快就将有人依据这些可靠的一手资料,为荀慧生写一部更接近人物本真面貌的传记;但有一点是肯定的,那些曾经给荀慧生写过传记的作者们,面对这些日记大约是会有些郁闷,因为通过这些日记,我们突然发现,坊间任何一部有关荀慧生的人物传记或其他记录性文字,都离真相太远。

荀慧生有一部完整的《小留香馆日记》存世,在京剧界并不是什么惊天秘密。二十多年前,某戏剧杂志上就刊登了荀慧生晚年日记里的一些片段,读来很符合官媒与官媒养成的社会公众对这位京剧大师的定义与期待,理智、阳光,并且有很多关乎京剧表演艺术的闪亮的格言。然而细细辨析,其中的文字显然经过了程度不等的修饰与变动。整理者之所以要在日记公开发表时做这些改动,固有多种考虑,即使不愿认同其良苦用心,也无须轻率指责。但毕竟从文献的角度看,这样的修改遮蔽了日记的本色,恐怕也与艺术家撰写日记的初衷有悖。我不知道我们将要看到的版本能够在多大程度上还原历史,据我所知,这个由和宝堂等人悉心整理的版本,出于极端无奈的心情,也将做最小限度的删节。但我也同样深信,这个版本将会努力以最接近于日记原初样貌的形态出现在世人面前。

我相信让荀慧生日记以这种近乎本真的方式面世,更是一种对历史负责的态度。

二

当我们面对《小留香馆日记》的原文时，才能切身体会到，长期以来我们对名伶的日常生活样貌并无多少了解。无论是在民国年间还是20世纪50年代之后，各类报刊上有关他们的诸多报道与评论，几乎从未真正揭示出他们的生活真相。坊间偶尔也有以伶人为主角的小说问世，其中毕竟夹杂了或多或少的虚构成分，一般读者也不会真把这类小说当信史读；至于各类名伶传记，撇开为传主讳言的成分，作者纵算和伶人们再接近，也不可能完全了解他们的私生活和真实的情感世界，更难以奢望其切入如此深的生活细部和情感角落。现在我们拥有了荀慧生的《小留香馆日记》，总算有机会获得一个记述现代社会中京剧名伶日常生活最有价值也最可信的文本。

在荀慧生的日记里，我们看到他的艺术与人生，同时也看到当时的社会百态。荀慧生以演戏为生，在通常情况下他生活在以表演为中心的天地里，社会上所发生的种种变化，只要对他的演艺生涯没有形成直接影响，大致不会引起他多少关注。但我们在这部日记里看到一个例外，那就是日本军国主义发动的侵占东三省的"九一八事变"。《小留香馆日记》里极为罕见地，完整摘抄了当天北京《晨报》的标题新闻，其震惊与愤懑之情力透纸背。他这样强烈的反应似乎出于本能，因为在这之后的一段时间里，"国难"这个词就频频出现在日记里，不仅充分展示了这场变故对中华民族的巨大冲击，通过伶人们的相互交谈，也可以看到这场变故是如此强烈地影响了包括荀慧生在内的普通国民。而且，随着时间推移，这个词出现的场合与内容，更渐次发生种种微妙的变化。其中固然有各界人士积极组织和参与的救亡活动，有主人公参加各类义务演出的记录，但是，透过荀慧生的记载，我们还看到"国难"被不同人用不同方式消费，因而衍化出林林总总的众生相。其中不乏打着"爱国"旗号的离谱表演，他们对荀慧生和他的同行以及社会各界造成的困扰，实不能全然无视。荀慧生似有先见之明地洞察了这样的结果，他这六册日记所涉的时间段，中国社会的动荡与变化并不少见，却唯有"九一八事变"在日记里留下浓重的笔痕，恐怕并非偶然。

在这部分残存的日记里，恰好记录了现代京剧史上的一些重大事件，有关荀慧生创作演出的许多事实，更可以从中得到最为可靠的第一手资料的印证。比如1931年杜家祠堂落成的盛会，尽管当年的《梨园公报》印有特刊，但直接参与表演的当事者的记录，这却是独一份。且正因日记有出自主人公的独特视角，一些有趣的细节，是从未在其他记录中看到过的。比如第一天他的《鸿鸾禧》是和姜妙香合演的，与通常史料所载有异，但日记无疑更加可靠。还有，我们看到，为了这场演出，不仅主人杜月笙接送招待的礼数十分周到，道上的朋友们也无不倾力相助。日记里写道，头天戏毕之后，"张师以自卧之床相让，而自睡于门口床上",实不失为一桩美谈——这里所说的"张师",就是海上与杜月笙、黄金荣差不多齐名的闻人张啸林。荀慧生曾经正式地拜在张啸林门下,所以有很长一段时间,他在日记里言必称"张师",而且看来,张也确实很眷顾他。

当然,荀慧生也记下了他"与小云、兰芳、艳秋合演《四五花洞》"这场难得一见的演出,若非杜家天大的面子,要让他们四人合演一折戏,简直是天方夜谭。提到合演《四五花洞》,不能不提梅、尚、程、荀四大名旦同灌《四五花洞》唱片的过程。说是一张唱片,其中四大名旦每人只有一句唱,许多人对他们四个人谁唱哪一句的争端,言之凿凿,仿佛真是一件大事似的,但荀慧生的日记对此并未特别交代,只是轻描淡写几笔带过。而杜家祠堂表演《四五花洞》时拍了电影这件日记里突出描述的更重要的史实,反倒不太听到人们提及。

京剧史上,有很多对八卦感兴趣的人津津乐道却又语焉不详的掌故,有这份日记作为旁证,某些细节算是可以坐实了,而另一些近乎文学想象的揣测之辞,总算可以消停。

荀慧生虽然是京剧史上屈指可数的名家,与社会上三教九流都要打交道,但他日常交往的对象,仍是以同行为多。余叔岩之"健谈",梅兰芳之"滑稽",都与外行的印象大相径庭。由于是私家日记,他日记里提到各位同行时,评价有时不免过于坦率,屡屡提到某人"营业不佳"

时，竟有种无法掩饰的幸灾乐祸。如果说他的日记中对同行略嫌刻薄，并不为过。然而，这也正应了《增广贤文》里那句老话——谁人背后无人说，哪个人前不说人？

其中，荀慧生和四大名旦中其他三位的关系，是日记里颇有看点的部分。相对而言，他似乎和程砚秋的交情最深，而对梅兰芳则颇有微词。毕竟江湖风波险恶，尤其在激烈的市场竞争中，即使以梅兰芳做人的周到，也难免有些磕磕碰碰，不过说到底也没有什么大事。其中最有意思的一段，是1943年年底他和程砚秋的一段对话："程砚秋来访谈，并送各友扇面互相写画，谈伊本身为人，晚年老时以务农为生，不再出演。现常至海淀农场施行农人生活，服装甚为俭朴，养性之乐。现余四人思想各不相同，梅之思想欲垂后世；尚仍以演剧为宗旨；程性好清静，以务农终其余年；余则以商业为求今后道路，想大不相同。"这时已经是抗战后期，程砚秋已经隐退至北京郊区务农，而梅兰芳从抗战开始后就谢绝舞台，这就是他们所说的"欲垂后世"——话说梅兰芳也确实因此获得很高的社会声誉，成为民族的偶像，这点他们算是看对了。其中最不靠谱的是荀慧生对自己"以商业为求今后道路"的安排与评价，从日记看，荀慧生貌似很有商业头脑，可惜的是他在这方面，真是志大才疏。日记里很大篇幅，都在记录他不同阶段参与的各类与商业相关的活动，尤其是开办留香饭店，这些计划每项都曾经给他无限憧憬和希望，但是最终不仅没有获得期待中的收益，还给他带来多少不等的亏累,更使他不得不陷入大量纠纷中,牵扯了许多精力。民国十年后直到抗战期间,荀慧生在艺术上一路顺风顺水,确实赚了很多钱,他一心以为可以通过经商让财富增值,也不断有人围在他身边,给他出各种主意,然而种种投资几乎全以失败告终,临了还是得靠演戏。如此说来,四大名旦里,他其实是最糊涂的一位。

三

荀慧生是艺人,但《小留香馆日记》并不是一部"艺事日记"。作为一位伟大的表演艺术家,日记里和京剧艺术相关的部分自然是有的。比如某日荀慧生记道,他"归与菱仙师谈论唱腔,予谓腔之美,贵乎能运用。老腔固感不合时宜,然过于雕琢,亦嫌矫枉。鄙意只须就老腔稍微增损变化便可,似不必故弄狡狯,使人不易捉摸,以贻不通大路之诮。能于新旧之间得一中庸之道,斯为可贵"。这样的认识,既实际又深刻。

然而,荀慧生的日记不是为艺术史家或理论家写的,上述那些具有独特史料价值的、与艺术活动相关的内容,只是日记里很不起眼的部分,散落在大量琐碎的其他记载里。日记中最主要的内容,都是舞台下的生活事件。

在阅读这批日记之前,我从未想象过像荀慧生这样名满天下的名伶的生活是如此丰富和复杂,尤其是他一直被毒瘾和病痛所折磨,就心理状态而言,他一直处在精神崩溃的边缘。从这部日记的前几页起，我们就看到一个既沉溺于毒品，又时刻想摆脱毒品对身心的控制的荀慧生。清代以来鸦片泛滥，社会各阶层都出现大量瘾君子，伶界也不例外。进入民国后鸦片逐渐失势，但是又出现了新的替代品，这些更具刺激性的毒品，有更强依赖性，更难戒断。我不想说荀慧生的毒瘾完全是为应对繁重演出的巨大压力而不得不为之的，尽管有时我们会看到，有时演出压力确实是他不得不加大毒品注射量的原因；实际上他也一直希望彻底戒毒，并且为之经历了外人难以想象的痛苦，花费了许多钱财，其中也包括很多冤枉钱。他的吸毒史几乎就等同于戒毒史，反过来说也成立，但这些努力却最终付诸东流，令人唏嘘。我们只看到他在舞台上创造的卓越的艺术形象，他永远把最光鲜亮丽的一面展现在舞台上，而作为观众和欣赏者的普通观众，在崇敬与欢娱之时，无从得知他在搏命演出时要忍受怎样的痛楚，在为人类创造精美的艺术时，作为个体的伶人，需要付出的是什么代价。

从《小留香馆日记》的记载看，麻将在荀慧生的日常生活里的分量真不算轻。他酷爱麻将，这既是他的娱乐方式，也不失为一种交际手段。那些他身边的文人墨客进得门来，通常是"手谈""竹戏"，同行和其他客人来访，也经常打上几圈。演出之后，吃过点心，也经常来上四圈或八圈麻将，甚至通宵达旦。有好几段时间，麻将几乎是他每天的必修课。状态不好时他输得很惨，这时就会在日记里留下一些抱怨，不过多数时候，他并不需输赢计较。

当然，日记里也少不了荀慧生和朋友，尤其是报界朋友花街柳巷的冶游。招妓侑酒，在他那个年代，大约还上升不到私德不彰的高度，比较可议的，反倒是他和众多女友的交往。这样的交往与荀慧生对家庭、对发妻子女的责任感和深厚情感并行不悖地贯穿在这部残缺的日记之始终，虽然比不上麻将那么频繁，但也不失为日记里一项重要内容。从日记里很难完全分辨这些和荀慧生往来的女性的社会身份——有女学生，似乎也有职业化或半职业化的交际花，她们和荀慧生的往来中看不到金钱买卖的痕迹（按日记的风格，若有较大笔的开支，主人公不大会一点不提）。所以，说她们是荀慧生的追慕者，大约不会离真相太远。尽管日记里多半用"秘谈""畅谈"之类隐语描述其交往过程，但她们与主人公之间经常性的肌肤之亲，显然无须讳言。大抵从前后文看，这些非正式的关系之开端，未见得是荀慧生本人招蜂引蝶，然而坦白地说，面对这些女性投怀送抱时，在多数场合也看不出荀慧生曾经表现出过某种程度的犹豫和矜持。他似乎很享受且很娴熟地与这些女性周旋，有时甚至要赶场；偶尔也会表现出一点不满，尤其是他和一位名为易阿莉的女性持续很多年的时断时续的关系，荀慧生甚至因为被她传染上性病而在日记里痛骂她不检点，然而只要阿莉一通电话，又重续旧情。只有一次荀慧生断然拒绝了一位女性的追逐，他在日记里写道："九时阖家到中国戏院，演《扬州梦》。有一胖妇追余,其意求欢,约有六七年之久寓北京。余去岁往济南演剧,伊亦至济南。今余来津,伊亦来津。来寓赠余面速力达及手帕,原物退还。伊每见余必丑态百出,毫不顾廉耻,只得命少亭婉言赶出,似觉可笑!又至后台以购戏票为名缠绵不决。戏毕余即归寓。伊不欢而去。"这样的追求者已经不能称"戏迷",简直是"戏痴",不过这也让我们看到像荀慧生这样的红伶的一个重要生活侧面,当年的荀慧生要处理的麻烦,今日的明星们同样需要处理。

四

当荀慧生日常生活的这些内容展现在我们面前时,为我们完整准确地评价荀慧生出了一道难题。坦白地说,这些私人记述中所记录的生活内容,包括他在日记里对同行和社会各界人士的品评,未必都能够为读者所接受和首肯,尤其是站在今人的立场上。所以,留给我们的问题就是,抱着怎样的心态阅读《小留香馆日记》,如何评价日记中所记录的那个荀慧生,如何理解伶人的艺术、生活和人格。

无论从吸毒与戒毒还是从沉迷于麻将、周旋于众多女性之间,还是从他经营留香饭店的经历看,在荀慧生的性格中,都有他自己未必清醒意识到的种种缺陷。他因敏感而多疑,因软弱而无法摆脱对外物的心理依赖,他既是名伶,又是一个有各种缺陷的凡人。

最后，人们或许还会疑惑，荀慧生何以要如此坦诚且用心地在日记里详尽地描述他舞台下大量显然会招人物议的生活细节。首先可以肯定的一点是，这部日记是纯粹的私人记述；留下这些日记的荀慧生，绝非有意要把他生活所有细节都记录在案，让后人指戳评点。每个人记日记的动机五花八门，我无法对荀慧生妄加揣测。这是不是由于他身边的文人影响的结果？很有可能。众所周知，从清末民初始，京剧名伶身边就开始有文人环绕，二十出头就大红大紫、跻身一流名伶之列的荀慧生也不例外。不仅荀慧生如此，梅兰芳等京剧大师留下的文字，多数都有人代笔。其实，《小留香馆日记》一直是由荀慧生和他身边的文人们共同书写的，其中有部分则先由他自己记下当天各类事项，或由他草拟后，再请人整理抄录。在不同时期，先后有数人担当了和荀慧生一起书写日记的角色，仅以这六册日记看，前后文体、文笔与叙述内容及重心之不一致，多少可间接地说明日记里其他参与者所起的作用。但所有参与写作和整理者都无法改变的，是日记内容均出于荀慧生生活实况这一事实。因而，至少可以说，当时的荀慧生是如此坦然地面对自己，面对自己这样的生活和当时的生活方式的。

至于今人，我们要感谢荀慧生留下这样一份珍贵文献，让我们有可能通过《小留香馆日记》，真切触摸到那个年代一位伟大的艺人有质感的私人生活，第一次闯入这个此前从未为外界所知的领地。我们看到荀慧生艺术巅峰时期的经历,既有他的坚强也有他的脆弱,既关乎民族大节也不乏儿女私情,既有他和三教九流的交往,也有他商业上屡屡失败的投资经过。通过这部日记,我们有幸获得一极佳机遇,让一位京剧红伶立体地呈现眼前。当然,还要感谢荀家慨然允许将这批日记公之于世,对于京剧研究乃至于中国现代史研究,真相具有无可比拟的价值。

(原载《读书》2016年第5期)

陈丁沙之问终究要回应

我不认识陈丁沙。

陈丁沙是中国艺术研究院话剧研究所的前辈学者，资历相当老。2007年，国内话剧界正筹备中国话剧诞生100周年纪念活动，我发表文章质疑中国话剧诞生于1907年的所谓"常识"。促使我写这篇文章的，首先是材料，不仅有早期话剧演出的大量史料，还有对江青一手炮制的"军队文艺工作座谈会纪要"指《中国话剧运动五十年史料集》为"大毒草"的疑惑；其次是对张庚的研究。张庚1954年年初开始在《戏剧报》连载《中国话剧运动史（初稿）》，七期后就中断了，不是"无疾而终"，因为他随后又发表了《对"中国话剧运动史初稿"中错误的初步认识》。张庚自承受了胡适思想的影响，当时国内正掀起批胡适资产阶级唯心主义史学观的热潮，但我完全看不出"初稿"及研究方法和胡适有什么牵连，于是便好奇背后的原因。多年担任张庚助手和秘书的沈达人先生向我介绍了张庚另一位助手，我因此听说了陈丁沙这个名字，并和陈先生通了一次电话，想请他参加相关的学术会议并趁机讨教，记不清是什么原因,最终这个愿望并没有成为现实。

十年过去,各地又在纪念中国话剧诞生110周年。刚好陈丁沙先生个人文集《初鸣不乱弹》出版,其中很多见解引起我的兴致。遗憾的是不少当代史的掌故,他提了一个开头却没有往深里细里说。然而我与陈先生始终缘悭一面,他已匆匆离世,将那许多内情带到另一个世界去了。

《初鸣不乱弹》编辑出版时,陈丁沙先生身体健康,文集想必体现的是他自己的思路。他把一组有关中国早期话剧的专论集中置于文集最前面,这组文章的撰写时间,从1997年直到2012年,最后是一篇未署时间的问答体,显然是为了借此说出他最重视的观点。在这篇问答体的文章里,他在列举大量材料,阐述了春柳社之前中国已经有很多早期话剧活动后,借着提问者的口气写道:"不过,还是有人强调,春柳之前国内的话剧活动,都不能算是话剧,只有春柳成立,并且在1907年演出《茶花女》,才是真正的话剧。这是主张春柳是中国话剧诞生的创始者又一个主观认定的立论,您又如何看呢?"(《初鸣不乱弹》34页,以下只标页码)答案就在他这些文章里,他认为这是一个明显的和天大的历史错误。

那么,中国话剧史应该从哪里开始写呢?陈著还收入了他的《中国话剧史研究概述》和《中国早期话剧史》写作提纲,给出了他的叙述。他承认"把1907年春柳社的首次演出,列为中国话剧的创始历史"是"五四以来的正统看法"(1页),但是明确表示不接受这个"正统",并指出上海约翰书院1899年编演《官场丑史》，比春柳社的日本演出早得多，从此就开启了中国话剧。更不用说此后还有南洋公学的演出、汪优游等人1906年年初成立的文友会，而春柳社最主要的组织者李叔同，赴日前的1906年就在上海主持上海沪学会演剧部，组织和参加了话剧演出。

陈丁沙的这些叙述，重新激起了我对中国话剧诞生问题的兴趣。然而，如果把将春柳社作为中国话剧诞生之标志称为"春说"，陈著认为"春说"是最近几年才出现的。这让人十分意外，我相信从事现当代戏剧研究的多数学者都不会有这种印象。

陈著告诉我们，1997年"有人"刻意渲染"春说"，"为了大造舆论，北京一些报纸，忽然连续刊登广告，公开宣布，要举行'中国话剧诞生九十周年纪念'的各种演出庆典"（26页）。但因陈丁沙等人反对，只好删了"诞生"两个字。陈著还指出，1957年出版的《中国话剧运动五十年史料集》，书名也是有讲究的。而中国艺术研究院话剧研究所的前任所长葛一虹主编的《中国话剧通史》，先有"中国话剧的诞生"一节，再另起一节讲春柳社，不主张与不赞成"春说"的立场显而易见。可是，一般读者不仅疏于解读，更难于体察"中国话剧运动五十年"和"中国话剧九十年"的弦外之音，实在不容易看出那是在有意地回避"春说"；似乎也很少有人注意，葛一虹《中国话剧通史》的早期话剧部分与张庚《中国话剧运动史

（初稿）》之间的承继关系。

按照陈著的说法，张庚老虽然在1955年年初就"初稿"做了公开检讨，但其观点并没有改变。四十年后，当"有人"提出"纪念话剧诞生九十周年"的动议时，他明确表达了异议。《张庚日记》记载了1997年7月18日他"在剧场见到了徐晓钟，与他谈了话剧起源的争论：到底是从春柳算起，还是从文明戏算起的问题。主张开一研讨会"（《张庚日记》第三册，537页，中国戏剧出版社2017年版）。研讨会显然没有开成，但至少说明陈说不虚，正式的活动名称里也确实没有"诞生"两个字。而且如陈著所述，即使当年张庚为《中国话剧运动史（初稿）》做了公开检讨，他的话还是让某些人有所顾忌，田汉、欧阳予倩、夏衍、阳翰笙四人共同发起搜集的话剧运动史料，正式出版时只能用"话剧运动五十年史料集"这样略带含混说法。但是我觉得陈丁沙夸大了张庚阻止"春说"发酵的实际效用，张庚先生和陈丁沙先生难道没有想过，尽管用了这样貌似折中的说法，《中国话剧运动五十年史料集》的书名及"纪念中国话剧九十年"的活动名称，岂非依然在暗示春柳社是中国话剧起源？

这里显然有学术纷争和妥协，而背后人事纷争和妥协或许更关键。从20世纪50年代初直到1997年，反对（至少是不主张）"春说"的张庚、葛一虹和冲在最前面的陈丁沙与另一个坚持"春说"的群体之间像在较劲，而且似乎找到了双方均可接受的表达方式，达成了微妙的平衡：既承认春柳社的作用，同时又避免直接说春柳社代表了中国话剧诞生。

我说"春说"背后不是事而是人，绝非毫无根据的想象。我注意到张庚当年的检讨文章，自戴一顶政治大帽子后马上谈到实质性问题——"对春柳社的估计是不足的，是降低了它的革命性和阶级斗争的作用的"，既没有认识到春柳社之前的话剧是"资产阶级革命"的一部分，也没有认识到春柳同人尤其是欧阳予倩回国后"以戏剧为武器来捍卫革命"。检讨多次特别提及欧阳予倩的贡献，尽管欧阳予倩在春柳社不是大角色。1997年陈丁沙发表在《文艺报》上的重要文章《中国话剧九十年？——一份不可忘却的备忘录》引起的风波，也源于欧阳予倩后人的强烈不满。陈丁沙在这篇文章里特别点明，如果要"纪念春柳社成立暨欧阳予倩从事话剧活动九十周年"并无不可，但不能说纪念"中国话剧创始九十周年"。他认为1957年的活动实际上也是纪念"欧阳予倩从事话剧活动"五十周年，而不该说纪念中国话剧诞生五十周年。这桩由来已久的纷争，都指向欧阳予倩，至于春柳社的组织者李叔同、曾孝谷以及归国后仍短暂从事话剧表演的陆镜若，从来就没有出现在有关"春说"的纷争中。

但我以为这既是陈著重点也恰是其短板，在他眼里，话剧短短的历史只是"近年来"才"成了一部被篡改了的历史"（20页）。他满足于"话剧运动五十年"和"中国话剧九十年"的表述中没有"诞生"两个字，觉得"话剧百年"和"话剧诞生百年"有明显差异,满足于《中国话剧运动五十年史料集》"通篇没有一个字提到1907年是中国话剧诞生的日子"。然而他也不得不承认,恰恰是1957年的史料集"引来了一股误导历史的暗流,最后发展成为今天这个混乱的局面"(25页)。陈著认为2007年之所以能够举办"纪念中国话剧诞生一百周年"活动,是由于"重要的权威人士,如张庚等人已先后过世"和"领导造史"(29页),其实"因"早在1957年已经种下,2007年收获的只是"果"。当年形成的"平衡"无比脆弱,失衡的结果从最初就已埋下伏笔。我不想苛责张庚和陈丁沙,从1956年由田汉、欧阳予倩等四人共同发起征集"中国话剧运动五十年史料",不难看到主张"春说"的力量多么强大——当然是权力的强大而不是学理的强大。至于陈丁沙1957年被划成右派,要把这和他协助张庚在中央戏剧学院讲授中国话剧史并为张庚撰写《中国话剧运动史初稿》做了大量辅助性工作相联系,我是没有证据的,不过从学术争论转化为政治和人事缠斗的例子,在中国当代实在是不胜枚举。

中国话剧诞生于何时何地,与张庚、葛一虹及陈丁沙没有任何利害关系,但是和早期话剧活动的参与者们却密切相关。因为忽视从学生演剧开始的早期话剧创作演出并竭力贬低其价值,是倡导"春说"最重要的前提。

陈著特别提到1957年上海举行的"通俗话剧会演"。

这次演出显然是"百花齐放"的文艺政策的体现，因为它的精神实质与"纪念话剧运动五十周年史料征集"完全背道而驰。从20世纪上半叶以来，话剧界内部的分歧是如此严重，影响所及，到了"什么是话剧"和"哪些是话剧"都需要加以论证的程度。陈丁沙把参加会演的所有剧目分为"天知派"与"春柳派"，他说："春柳派的日本味儿太浓了，所以当时在上海处于孤立状态，观众不太能够接受。相反，天知派的剧目，在民族化方面有很成功的一面，很能迎合上海市民的口味和习惯。"（27页）这段话既是指会演，同时也是在指20世纪上半叶的话剧，至少是上海的话剧演出。从历史的角度看，把中国早期话剧分为这两派很难成立，"春柳派"只是他的虚构，如1957年上海的汇演一样，在早期话剧演出格局里，春柳并没有显著成绩，更没有与"非春柳"的演出相抗衡的力量。但陈丁沙先生清楚这次汇演对早期话剧史叙述的特殊意义，仿佛是在全国范围内征集所谓"话剧运动五十年史料"的同时对另一批早期话剧人的安抚。至于"通俗话剧"，就像"话剧运动五十年"一样，是个弹性的、滑稽的名词，其意在于既没有完全否认这些戏剧作品是"话剧"，同时又要把它们与"正统的话剧"相区分。

陈著用"天知派"指称"通俗话剧"汇演中除《社会钟》之外的所有作品是否合适（从当年上海传统剧目编辑委员会主编的多卷本《传统剧目汇编·通俗话剧》里，我们可以明白"通俗话剧"的内涵有多丰富，剧目有多精彩）

暂且不论，他当然知道这段叙述是在揭另一个历史伤疤。

早在20世纪40年代，早期话剧的创始人和组织者就开始感受到一股有形无形的压力，那就是"有人"要把他们打入话剧的另册，不允许他们用"话剧"这个名称。在春柳社还不见影子的年代就投身于话剧演出的早期话剧活动家汪优游、徐半梅、朱双云等人多次大声疾呼，抗议无视他们的存在与价值的霸道行径。从来没有人想过要从学理上和艺术形态上探讨和厘清"通俗话剧"和"话剧"究竟有什么区别，然而就如汪优游当年感慨的那样，他们只被允许称为"通俗话剧"，以表示他们创作演出的是低话剧一等的、还"不配"称为话剧的作品，然而，事实上就如我在《20世纪中国戏剧史》上卷里所写的那样，正是有赖于从汪优游、郑正秋到唐槐秋和孤岛与沦陷时期以绿宝为中心的上海剧场的演出，话剧才得以征服了中国观众，真正在中国扎下根来，成为中国人的戏剧欣赏对象之一。如果这些作品与演出都被剔除在那无比高贵的"话剧"之外，"话剧"还剩下什么呢？早期剩下了春柳社，其后除了幸运的曹禺，就只有南国社那几位若干年后成了文化领域高官的作者的幼稚作品。

因此，把春柳社作为中国话剧的起点，不仅涉及对春柳社本身的评价，更是一种特殊的历史叙事。而这样的历史叙事，最早可以追溯到1929年洪深发表在广州《民国日报》上的一篇奇文。这才是"春说"最早的萌芽。

洪深早年在上海南洋公学、徐汇公学就读，这两所学校恰好是早期话剧的发源地。1922年春季，他在美国完成了戏剧专业的硕士学业，情辞急切地给汪优游写信，表达了回国参与话剧活动的强烈愿望。在汪的鼓励下他果然回国，但发展似乎不如预期顺利。他于1929年为《民国日报》撰写的《从中国的新戏说到话剧》，是有这样的背景的。就是在这篇文章里，他第一次把春柳社在日本的演出称为中国"建设新戏的先锋队"，并且特别说明了这支"先锋队"的唯一性。我曾经说这是一篇"错误百出"的文章，一点也不夸张，文章里有太多表述的粗疏和事实的错漏，但我想在广州一张报纸上发表的文章，作为话剧中心的北京和上海的读者或许并不注意；然而六年之后，洪深在《中国新文学大系·戏剧卷》的导言里，有关早期话剧的叙述部分，又直接引用和复制了这段叙述（可惜的是其中那些显而易见的错误，后来居然成为话剧研究界的共识）。他大约是懒得去回顾与重新梳理这段历史，他此时的重心已经放在如何叙述20世纪20年代后期以来的话剧发展上。

这篇文章出现的时间点值得注意，因为洪深的文章是为广州《民国日报》的戏剧专栏写的，而主持这一专栏的正是欧阳予倩。我们无须按史学家的标准要求戏剧表导演专业的洪深，他不必像学者那样考证中国早期话剧的进程，然而，他既是投奔汪优游才归国的，回国后在《赵阎王》的演出和参加戏剧协社等事项上还得到这位学长许多帮助，岂能对汪优游在早期话剧发展进程中的贡献一无所知?更何况此时在洪深写这篇文章前,朱双云的《新剧史》、范石渠的《新剧考》和郑正秋编的《新剧考证百出》早就正式出版了,戏剧报刊上有关早期新剧历程的文章也并不是没有。洪深此时给欧阳予倩主持的报纸专栏撰写这样的文章,对鼓励他回国并将他引荐入话剧界的学长是否算得上赤裸裸的背叛暂且不论,对欧阳予倩的输诚之意,实在是再明显不过。六年之后他延伸了这项事业,在《中国新文学大系·戏剧卷》导言里,就像当年为鼓吹春柳社而完全无视其他话剧界前辈那样,对南国社的评价也丝毫不顾事实与常识。

洪深罔顾事实的话剧史叙述,为后人建构以春柳社到南国社为主干、完全无视和率性贬低其他话剧创始人的功绩与成就的话剧史提供了基础,而我猜更令田汉和欧阳予倩等人欣然的是,洪深并非春柳的当事人,所以貌似更为客观。在这样的历史叙述里,上海约翰书院、南洋公学和文友会等学生演剧的存在和作用完全被遮蔽了,同时被遮蔽的还有这批早期话剧活动家们持续数十年,成功地让话剧为上海市场的观众所接受,并将它从上海拓展到全国各地的努力成果;而抹杀比春柳社更早的上海早期话剧的存在究竟可以达到什么目的呢?焦点依然回到欧阳予倩。

这是陈著没有涉及的内容,他也许并没有注意"春说"还有那么远的渊源,不然他一定会把这段历史与1957年、1997年有关话剧诞生的两次风波相联系,也就会更明白历史真相的揭示何以会受到那么强烈的阻挠,而对历史的刻意歪曲为何能够大行其道。

陈丁沙先生并不是不了解春柳社,他虽然从多方面质疑"春说",但他又是国内对春柳社最有研究的学者之一。1957年出版的《中国话剧史料集·第一辑》里的《春柳社史话》就是他写的,今人对春柳社的史料或有更多发掘,但基本史实并没有脱离陈丁沙提供的框架。而且他反复强调,欧阳予倩本人从来没有主张过"春说",并特别说明欧阳予倩写的《回忆春柳》和《自我演戏以来》都符合史实,这些自述就是否定"春说"最好的证据。同样,我也无意把欧阳予倩看成"春说"逐渐流传的导演,他至多不过是乐观其成吧,不过假如我们忽略了这一过程背后随处可见的欧阳予倩因素,恐怕也很难读懂与透彻地理解这段历史。

陈丁沙的问题其实很简单,就是为什么春柳社成了话剧进入中国的起点。他用自己所经历的相关事件与大量历史材料,说明这一观点的谬误。在这一点上我和陈著有强烈的共鸣,但是涉及具体细节,还是略有不同。比如我比较倾向于把南洋公学庚子年冬(1901年年初)的演出(承蒙杭州师范大学黄爱华教授指正,南洋公学演出的"庚子冬十二月",按公历应该是1901年年初而不是1900年年底,所以我要纠正此前多次重复的错误,并且同时还要一并注意,文友会成立时间也应该是1906年年初而非1905年)而非约翰书院1899年的《官场丑史》看成中国话剧诞生的标志,既因为约翰书院的话剧演出"所演皆欧西故事,所操皆英法语言"(朱双云《新剧史》),也由于南洋公学连续四天的话剧演出,如我所说是"中国人在中国土地上用话剧演出中国故事",而且演出的参与和组织者们在此后中国的话剧创作演出领域一直起着核心作用;哪怕强调中国话剧的"现实主义战斗传统",他们的演出内容也远比春柳社更具有"现实主义精神"和"战斗"力量。所以,把中国话剧的起点放在1901年年初的南洋公学演剧,可能最为合适。最近几年我的相关论述里的一些观点,陈丁沙先生也提出过,比如他也指出"早期话剧的正名应该叫新剧"(33页),等等。只不过我们这一代学者幸运地掌握了更多更好的检索工具,能够运用更多无可辩驳的史料,说明上述历史的谬误。

我深知史料并不能解决所有历史叙述领域的问题。陈丁沙之问涉及的问题,其实基本上不是史料的问题,因为种种与"春说"相异的材料早就摆在那里,只要略微涉及一点早期话剧演出史,就不难看到。然而就像明明早期话剧里几乎找不到"文明戏"这种称呼,话剧史家还是坚持要把早期话剧称为"文明戏"一样,话剧史家们宁愿花费大量笔墨牵强附会地论证为什么春柳社之前上海等地的新剧演出都不算话剧,也不愿意直接面对那么多新剧演出史料,干脆就承认这些就是更早的中国话剧演出。

半个多世纪前,话剧诞生这一疑难问题就和陈丁沙先生结下了不解之缘。现在,研究话剧史的语境已经发生了巨大变异。当话剧诞生的问题在2007年被重新提出时，对"春说"始终抱有警惕且更具影响力的张庚和葛一虹却已经相继离世，只有陈丁沙先生依然在做着似乎无望的努力。又是十年过去了，这次，举办"纪念话剧诞生110周年"的活动，质疑的声音更加稀少，倒是要固化"春说"的舆论在不断涨高调门。在中国话剧诞生于何时这个问题上，话剧研究界坚持"春说"的声音一如既往地响亮，我倒很想知道究竟是什么原因。我猜今天仍然在坚持"春说"的人，多半并不知道为什么要坚持，只不过顺着历史的惯性重复成说而已。

坦白地说，话剧史并不是我的专业，我只不过是在研究20世纪中国戏剧大脉络的过程中，偶尔涉及话剧史的相关话题。然而陈丁沙先生几乎用他的一生治话剧史，并且因此几乎付出了他所有的学术精力。陈丁沙之问终究是要回应的，假如解开了人事纠纷的死结，这个问题是不是可以有个结论，好让陈丁沙先生的灵魂有个安顿？

（原载《读书》2018年第1期）

后　记

读书，看戏，写作，是我人生的三项主要内容。而三者多半是相关联的：写作的主要内容，总是与读书和看戏有关；因为从事戏剧研究，读书的内容逐渐与看戏关系越来越密切；而看戏的动机也逐渐不那么纯粹了，一方面总是想着写作，另一方面，平时读的书也经常跳进戏里。

这样的状态说不上有多好，似乎也不坏。这个集子里的多数文章，就可以说是这三者的结合。其中一多半是发表在《读书》杂志上的。

《读书》是一份很特别的杂志，在我的心目中，有些文章就是特别为《读书》写的。因为《读书》不仅是一份杂志，它还是一种特殊的文体。为《读书》杂志写的文章，应该是有一定的思想性和学术性的，但又必须是带着轻松感觉的随笔。而且，它应该是面向《读书》杂志的数万订户与数十万读者写的，因此既要有专业性，又不能只关注本领域的问题。有思想性、学术性，且具有知识层面上一定的公共性的随笔，就是我对"《读书》体"的理解。

这个集子里所收的文章，基本上都有这样的性质。毫不夸张地说，是《读书》杂志教会了我这样写作。

所以，感恩《读书》，顺便，也感谢《读书》杂志为我出版这本新书。

傅谨

2018 年 12 月 30 日